**Dans la même collection :**
Contes d'Ogres et de Sorcières
Histoires de Chevaliers et Troubadours
Histoires de Fantômes
Histoires de Géants et Cyclopes
Histoires de Monstres et Dragons
Histoires de Nains et Lutins
Histoires de Pirates
Histoires de Princes et Princesses

Illustration de couverture : Rébecca Dautremer

© 2002 Éditions MILAN – 300, rue Léon-Joulin, 31101 Toulouse Cedex 9 France
Droits de traduction et de reproduction réservés pour tous les pays.
Toute reproduction, même partielle, de cet ouvrage est interdite.
Une copie ou reproduction par quelque procédé que ce soit, photographie, microfilm,
bande magnétique, disque ou autre, constitue une contrefaçon passible des peines prévues
par la loi du 11 mars 1957 sur la protection des droits d'auteur.
Loi 49.956 du 16.07.1949
Dépôt légal : 4ᵉ trimestre 2003
ISBN : 2.7459.0756.5
Imprimé en Espagne

# Mille et un contes

# Histoires de Fées et Elfes

MILAN jeunesse

# Sommaire

**9**  *Peau d'Âne*
   Adapté d'un conte de Charles Perrault
   Illustré par Isabelle Chatellard

**23**  *La Belle à l'eau dormant*
   Texte de Chloë Moncomble
   Illustré par Rébecca Dautremer

**29**  *Cendrillon*
   Adapté d'un conte de Charles Perrault
   Illustré par Quentin Gréban

**41**  *Mélusine, la fée serpent*
   Texte de Nancy Molnar
   Illustré par Éric Héliot

**49**  *L'Elfe et le Bûcheron*
   Texte de Nancy Molnar
   Illustré par Charlotte Labaronne

**57** Les Sortilèges de la fée Morgane
Texte de Nancy Molnar
Illustré par Gwen Kéraval

**69** Espiguette
Texte de Michel Cosem
Illustré par Isabelle Chatellard

**75** Le Chasseur et la Licorne
Texte de Nancy Molnar
Illustré par Arno

**85** La Fée d'Enveitg
Texte de Michel Cosem
Illustré par Gwen Kéraval

**91** Le Métal de lune
Texte de Nancy Molnar
Illustré par Sébastien Mourrain

**101** Alodie, fée de la montagne
Texte de Jean Muzi
Illustré par Rébecca Dautremer

# Peau d'Âne

Il était une fois un roi puissant, aimé de ses sujets. Ce roi avait épousé une princesse belle et bonne qui lui avait donné une fille. Tous trois vivaient heureux dans un château richement décoré, où l'on faisait de la musique, où l'on jouait des pièces de théâtre, où la vie était un enchantement. Le roi possédait de belles écuries que l'on venait admirer de très loin. Mais ce qui étonnait le plus les visiteurs, c'était un âne qui trônait à la place d'honneur et qui était l'objet de soins attentifs. Cet âne, en effet, donnait tous les matins des écus et des louis d'or à profusion.

Mais un jour, la reine tomba malade. On eut beau appeler les plus grands médecins, lui faire prendre les meilleurs remèdes, rien n'y fit, la fièvre persistait. La reine, qui sentait venir sa dernière heure, dit au roi :

– Je voudrais que vous me promettiez, si d'aventure vous songiez à vous remarier...

À ces mots, le roi poussa un cri et prit les mains de sa femme.

– Comment pouvez-vous songer à cela ? Jamais je ne vous oublierai, jamais je ne vous remplacerai...

– Écoutez-moi, mon ami, reprit la reine. Je ne vous ai donné qu'une fille, et il vous faut un héritier. Vous serez amené à vous remarier, mais – et je vous le demande instamment – ne choisissez qu'une princesse plus belle et mieux faite que moi. Promettez-le-moi, et je partirai heureuse.

Le roi, la mort dans l'âme, promit. Et la reine mourut.

La peine du roi fut immense. Il s'enferma dans ses appartements. Il ne vit plus personne. Il pleura beaucoup. Puis, peu à peu, sa douleur s'apaisa. Il recommençait à sortir et reprenait goût à la vie. Dans l'intérêt de l'État qui exigeait un successeur, ses ministres le pressaient de se remarier. Cette proposition lui parut dure, et lui fit verser de nouvelles larmes. Il rappela à ses conseillers la promesse qu'il avait faite à la reine, et il les défia de trouver une princesse plus belle et mieux faite que sa femme. Il pensait bien sûr que c'était impossible, mais les grands de l'État n'étaient pas de cet avis. Ils soutenaient au roi qu'un État a besoin de princes, s'il ne veut pas devenir la proie des États voisins. Le roi, frappé par la justesse de ces considérations, promit qu'il y réfléchirait.

Effectivement, il chercha, parmi les princesses de son entourage, celle qui pourrait lui convenir. Mais aucune ne possédait les grâces de la reine et il n'arrivait pas à se déterminer. Un jour, il remarqua que sa fille était non seulement beaucoup plus belle que ne l'avait été sa mère, mais qu'elle la surpassait aussi en esprit et en intelligence. Sa jeunesse et sa fraîcheur plurent au roi, et il en tomba follement amoureux. Il résolut de l'épouser, puisqu'elle seule pouvait le dégager de son serment.

La princesse s'affola en apprenant les intentions de son père. Elle tenta de le faire changer d'avis, mais le roi ne voulut rien entendre et il l'invita à se préparer à l'épouser. La jeune princesse, désespérée, alla trouver sa marraine, la fée des Lilas, et lui raconta ce qui lui arrivait. La fée la rassura :

— Ma chère enfant, tu ne peux rien refuser à ton père car il est le roi. Mais tu peux éviter ce mariage. Dis-lui que tu as envie d'une robe couleur de temps. Malgré tout son amour et son pouvoir, il ne pourra parvenir à te l'offrir.

La princesse remercia vivement sa marraine, et retourna le cœur léger au château. Elle déclara au roi qu'elle n'accepterait de l'épouser qu'à la condition qu'il lui offre une robe couleur de temps.

Le roi, ravi de l'espoir qu'elle lui donnait, rassembla les meilleurs ouvriers du royaume et leur commanda cette robe, en les menaçant de les pendre s'ils ne réussissaient pas.

Quelques jours plus tard, on apporta à la princesse une robe dont la teinte évoquait un merveilleux ciel d'été. La princesse était désolée et ne savait plus que faire. Le roi, en effet, la pressait de l'épouser.

La princesse retourna chez sa marraine qui fut étonnée de son échec et qui lui conseilla de demander cette fois-ci une robe couleur de lune.

Le roi, qui ne pouvait rien refuser à sa fille, envoya chercher une nouvelle fois les meilleurs ouvriers et, en vingt-quatre heures, la robe fut prête. Elle était merveilleuse, de la couleur argent pâle de la lune. Mais la princesse n'en fut que plus triste. La fée des Lilas vint une nouvelle fois à son secours.

Elle lui dit :

— Je crois que, si tu demandes au roi une robe couleur de soleil, nous finirons par le dégoûter, ou tout au moins nous gagnerons du temps.

La princesse fut d'accord, et demanda la robe. Et le roi donna sans regret tous les diamants et les rubis de sa couronne pour que le vêtement que l'on tissait fût égal au soleil. Lorsque la princesse parut, revêtue de ladite robe, tous ceux qui la virent furent éblouis : jamais on n'avait admiré semblable merveille. La princesse était au désespoir. Elle se retira dans sa chambre où l'attendait sa marraine.

— Ma chère fille, je suis désolée. Ton père est obstiné. Mais nous allons maintenant le mettre à terrible épreuve. Tout décidé qu'il soit à t'épouser, je doute qu'il accepte la demande que je te conseille de lui faire : exige la peau de cet âne qu'il aime tant et qui est la source de sa richesse. Va, et ne te tourmente plus.

La princesse, heureuse de trouver encore un moyen d'éviter un mariage qu'elle détestait, vint trouver son père et lui exposa son désir. Le roi fut étonné, mais n'hésita pas à la satisfaire. Le pauvre âne fut sacrifié, et sa peau apportée à la princesse. Celle-ci se préparait à épouser enfin son père, lorsque survint la fée des Lilas.

– Que fais-tu, ma fille ? Ne te désole pas ; il n'est pas question que tu épouses ton père. Enveloppe-toi de cette peau, et quitte ce palais. Va aussi loin que tes pas te porteront. Ta cassette, où seront tes habits et tes bijoux, te suivra sous terre. Il te suffira de frapper le sol avec la baguette que je te donne pour que cette cassette apparaisse. Allez, vite, pars sans tarder.

La princesse embrassa plusieurs fois sa marraine, la pria de ne pas l'abandonner, et se vêtit de la peau d'âne, après s'être barbouillé le visage de suie de cheminée. Puis, elle quitta le château sans se faire remarquer.

On se rendit compte bien vite de l'absence de la princesse. Le roi, qui avait fait préparer une fête magnifique, restait inconsolable. Il envoya des gardes à sa recherche, mais la fée, qui protégeait sa filleule, la rendait invisible à ceux qui tentaient de la trouver. Il fallut bien conclure qu'on ne la retrouverait pas.

Pendant ce temps, la princesse continuait sa route, toujours plus loin. Elle cherchait partout une place mais, bien qu'on acceptât de lui donner à manger, personne ne voulait la garder : elle était bien trop crasseuse. Cependant, après plusieurs jours de marche, elle entra dans une grande ville à la porte de laquelle se trouvait une ferme. La fermière avait besoin d'une souillon pour laver les torchons, garder les dindons et nettoyer l'auge des cochons. Cette femme accepta de confier ces tâches à la princesse. Cette dernière, fatiguée d'avoir tant marché, était heureuse de pouvoir enfin se reposer.

La princesse s'installa dans un coin de la cuisine, où les autres servantes se moquaient d'elle, tant sa peau d'âne la rendait sale et dégoûtante. Enfin, on s'habitua à elle. D'ailleurs, elle travaillait si bien, si vite, avec tant d'application, que la fermière la prit sous sa protection.

Un jour qu'elle était assise près d'une fontaine, la princesse se regarda dans l'eau. Elle fut épouvantée de voir l'effroyable peau d'âne qui faisait sa coiffure, ainsi que les haillons qui la couvraient. Honteuse de tant de saleté, elle entreprit de nettoyer son visage et ses mains qui devinrent aussi blanches que l'ivoire. Son teint reprit vite sa fraîcheur naturelle.

Hélas ! Il lui fallait à nouveau revêtir sa peau d'âne pour retourner à la ferme. Heureusement, le lendemain était un jour férié. Elle s'enferma dans sa cabane à l'écart de la ferme, fit apparaître sa cassette, se parfuma, poudra ses cheveux et revêtit sa robe couleur de temps. La belle princesse esquissa quelques pas de danse, se mira et s'admira, heureuse de retrouver sa beauté. Elle décida, pour se distraire, de mettre tour à tour ses belles robes, les jours fériés et les dimanches. Elle mêlait des fleurs, des perles et des diamants dans ses cheveux avec beaucoup de goût, et souvent elle soupirait de n'avoir pour témoins de sa beauté que ses dindons et ses moutons.

Un jour de fête, où Peau d'Âne avait revêtu sa robe couleur de soleil, le fils du roi, à qui appartenait cette ferme, vint s'y reposer en rentrant de la chasse. La fermière lui offrit des tartines de pain bis et du lait frais, puis le prince fit le tour de la propriété. Au fond d'une allée, il aperçut une

pauvre cabane. Poussé par la curiosité, il regarda par le trou de la serrure et il fut stupéfait d'apercevoir la princesse, si belle et si richement vêtue. Il ne se lassait pas de la contempler. Enfin, il s'en alla, non sans demander à la fermière qui demeurait dans cette petite chambre. On lui répondit que c'était une souillon du nom de Peau d'Âne, qu'elle était si sale et si noire que personne ne la regardait, ni ne lui parlait, et qu'enfin on l'avait prise par pitié pour garder les moutons et les dindons.

Le prince n'était pas satisfait des explications qu'on lui donnait, mais il voyait bien que les fermiers n'en savaient guère plus. Il rentra au palais du roi son père, aussi amoureux qu'on peut l'être. Il avait sans cesse devant les yeux

l'image de la belle personne qu'il avait vue par le trou de la serrure. Il regretta de ne pas avoir frappé et se promit de le faire une prochaine fois. Mais il était tellement agité, il pensait si fort à la princesse qu'il contracta une fièvre violente, si bien qu'il fut obligé de se coucher. Son mal empira. La reine, sa mère, appela les plus grands médecins, mais nul ne réussit à le guérir.

Enfin, sa mère comprit que seul un immense chagrin était à l'origine de cette maladie. Et elle alla trouver son fils et l'invita à se confier à elle.

– Madame, lui répondit le prince, je désire que Peau d'Âne me fasse un gâteau, et qu'elle me l'apporte dès qu'il sera fait. La reine fut étonnée de ce nom bizarre, et demanda qui était cette Peau d'Âne. Un de ses officiers lui dit :

– C'est, Madame, la plus vilaine bête après le loup : une crasseuse à la peau noire, qui loge dans votre ferme et garde vos dindons.

– Peu importe, dit la reine. Mon fils l'aura rencontrée en revenant de la chasse, et il aura goûté sa pâtisserie. C'est une fantaisie de malade. Que Peau d'Âne lui fasse un gâteau.

On courut à la ferme, on appela Peau d'Âne et on lui demanda de faire un gâteau pour le prince.

Peau d'Âne, qui avait entendu parler du prince, qui le savait beau, et qui trouvait là un moyen d'être connue, courut s'enfermer dans sa chambre. Elle jeta sa vilaine peau, lava son visage, ses mains, coiffa ses blonds cheveux, se vêtit d'une robe légère et se mit à faire le gâteau tant désiré. Elle prit de la pure farine, des œufs et du beurre. En mélangeant les ingrédients, elle fit tomber dans la pâte une bague qu'elle avait au doigt. Dès que le gâteau fut cuit, elle le donna à l'officier qui courut chez le prince.

Le prince mangea le gâteau avec une telle avidité qu'il faillit s'étrangler avec la bague qu'il trouva dans un des morceaux.

Il examina attentivement la fine émeraude montée sur un anneau d'or, et se dit que cette bague ne pouvait aller qu'au plus joli doigt du monde.

Il embrassa mille fois cette bague, et la mit sous son oreiller.

Il l'en tirait à tout moment quand il se savait seul et il se tourmentait pour imaginer comment il pourrait voir celle à qui cette bague appartenait. Il n'osait croire, en effet, que le roi et la reine acceptent de faire venir Peau d'Âne, qui avait fait le gâteau. Il n'osait pas, non plus, dire ce qu'il avait vu

par le trou de la serrure, de peur qu'on se moque de lui et qu'on le prenne pour un fou.

Il se tourmenta tant, que la fièvre le reprit. Les médecins, ne sachant plus que faire, déclarèrent à la reine que son fils était malade d'amour.

Le roi et la reine se précipitèrent chez le prince, en lui promettant qu'il pourrait épouser la jeune fille qu'il aimait, qu'elle fût princesse ou non, puisque sa vie en dépendait.

– Mes chers parents, leur dit-il, en retirant l'émeraude de sous son oreiller, je souhaite épouser celle à qui cette bague ira.

Le roi fit résonner les tambours et les trompettes et fit annoncer que toutes les jeunes filles de la ville étaient invitées au palais pour essayer une bague, et que celle à qui elle irait épouserait le prince.

Les princesses arrivèrent les premières. Les duchesses, les marquises, les baronnes suivirent. Mais elles eurent beau toutes forcer, aucune ne put passer la bague. Il fallut en venir à leurs suivantes qui toutes avaient le doigt trop gros. Le prince, qui allait mieux, faisait lui-même l'essai. Enfin, on en vint aux filles de chambre : elles ne réussirent pas mieux. Il n'y avait plus personne qui n'eût essayé cette

bague lorsque le prince demanda les cuisinières, les marmitonnes, les gardeuses de moutons. Mais cette bague ne put aller au-delà de leurs gros doigts rouges et courts.
– A-t-on fait venir cette Peau d'Âne qui m'a fait un gâteau ? demanda le prince.
Tous se mirent à rire, et on lui répondit que non, tant elle était sale et crasseuse.
– Qu'on aille la chercher. Je ne veux oublier personne.
On courut, en riant et en se moquant, chercher la gardeuse de dindons.
La princesse, qui avait entendu le tambour et les annonces, s'était bien doutée que c'était sa bague qui occasionnait tout ce bruit. Elle aimait le prince, et elle craignait que quelque dame n'ait le doigt aussi menu que le sien. Pourtant, elle s'était vêtue et coiffée avec soin. Dès qu'elle entendit qu'on frappait à sa porte et qu'on l'appelait pour aller chez le prince, elle remit vite sa peau d'âne, et suivit les serviteurs du prince. Ce dernier était bien étonné de l'accoutrement de la princesse.
– Est-ce vous, lui dit-il, qui logez au fond de cette allée obscure, dans la basse-cour de la ferme ?

– Oui, seigneur, répondit-elle.

– Montrez-moi votre main, dit-il en tremblant.

Le roi et la reine, les chambellans et les grands de la cour furent on ne peut plus surpris de voir une petite main délicate et blanche sortir de dessous la peau noire et crasseuse. Leur étonnement grandit, lorsqu'ils virent que la bague s'ajustait sans peine au plus joli petit doigt du monde. C'est alors que Peau d'Âne fit tomber sa peau, par un petit mouvement de la tête. Elle était si belle, si resplendissante que le prince la serra très fort dans ses bras. Le roi et la reine vinrent l'embrasser, et lui demandèrent si elle voulait bien épouser leur fils. À cet instant parut la fée des Lilas, qui raconta l'histoire de la princesse.

Le prince était impatient d'épouser la princesse, mais celle-ci déclara qu'elle ne pouvait se marier sans le consentement du roi, son père. Ce dernier, qui avait oublié son amour pour elle, venait d'épouser une veuve, fort belle, dont il n'avait pas eu d'enfants. Il se réjouit du mariage prochain et du bonheur de sa fille.

Les noces se firent peu de temps après. Il y eut de nombreux invités venus de très loin et les fêtes de ce grand mariage durèrent près de trois mois.

# La Belle à l'eau dormant

En ce temps-là, le pirate Ottmar faisait régner la terreur sur la Manche. Son pavillon noir portait le deuil des navires qui avaient le malheur de croiser sa route. Dans les ports d'Angleterre et de Bretagne, son seul nom terrorisait. Mais plus encore que le sien, celui du sorcier Zaïg, son second, semait l'épouvante.

Un jour qu'Ottmar et ses hommes sillonnaient la mer à la recherche d'une nouvelle victime, la vigie s'écria :
– Navire à bâbord !

Le pirate déplia sa longue-vue. Soudain, il exulta :

– La chance nous sourit, mes braves ! Le vaisseau arbore le pavillon du duché de Kent. Je flaire l'or d'ici. Tous à vos postes ! Nous allons donner l'assaut !

L'attaque fut rondement menée : en deux temps trois mouvements, l'équipage anglais était bâillonné et ligoté. Ottmar put alors s'occuper du butin. Et quel butin ! Des diamants, des bijoux, des fourrures. Tout ce qui avait de la valeur fut dérobé. Mais Ottmar découvrit la perle rare : la fille du duc de Kent.

Elle s'appelait Élisabeth. Sa beauté attendrit les pillards. Même leur chef, d'ordinaire si cruel et sans pitié, devint aussi doux qu'un agneau en la voyant ! Il ordonna à ses hommes de la conduire à bord de leur bateau :

– Et surtout, ne lui faites pas de mal ou je vous pèle avec le manche de mon sabre !

Mais Ottmar ignorait que la fée Estella veillait sur Élisabeth depuis sa plus tendre enfance. Lorsque la jeune femme fut enfermée dans la cabine du pirate, l'ange gardien apparut :

– Courage, milady, dit Estella. Je vous tirerai des griffes de cette bande de forbans. Tenez-vous prête, je vais vous changer en mouette. Je compte jusqu'à trois. Un... Deux...

Elle n'eut pas le temps d'achever. Zaïg entrait dans la cabine :

– Arrière, fée de pacotille ! hurla-t-il, ou je te fais sardine !

Une lutte s'engagea. Chacun essayait de prendre le dessus sur l'autre, à coups de sorts et de formules magiques. Mais Estella dut bientôt renoncer : les pouvoirs du sorcier étaient trop puissants.

« Ce fripon va gagner, se dit-elle. Il vaut mieux que je m'éclipse pour l'instant. »

Dans un nuage de fumée, elle disparut. Zaïg se gaussa d'elle :
– Ces fées sont juste capables de changer un prince en crapaud !

Puis il s'adressa à Élisabeth :
– Quant à toi, je t'ai à l'œil.

La jeune femme fondit en larmes. Sans sa bonne Estella, qu'allait-elle devenir ?

Le soir venu, la prisonnière entendit un couinement. À ses pieds, elle aperçut une souris debout sur ses pattes de derrière.
– N'ayez pas peur ! C'est moi, Estella !
– Dieu soit loué !
– Chut ! On risquerait de vous entendre. Êtes-vous seule ?
– Oui.
– Bien. Voilà ce que nous allons faire…

À peine la fée avait-elle prononcé ces mots qu'un rat noir surgit de l'obscurité et bondit sur elle. C'était Zaïg. Lui aussi avait plus d'un tour dans son sac.
– Vieille entêtée ! Je vais te mettre en charpie !

La fée-souris laissa quelques touffes de poils dans la bataille mais elle réussit à se transformer en libellule et s'envola par la fenêtre de la cabine.

– Encore raté ! ronchonna-t-elle.

Elle se posa tout en haut du mât du navire. En bas, les hommes se soûlaient au rhum.

– Bande de rustres ! s'exclama la fée. Foi d'Estella, je n'ai pas dit mon dernier mot !

Il lui vint une idée. Une fois l'équipage endormi, ivre mort, la fée se posa sur le pont et reprit sa forme humaine. Puis elle s'approcha d'Ottmar, affalé sur un tonneau. Brandissant sa baguette magique, elle s'écria :

– Bricotabro, crotabico, que tu sois changé en cabot !

Et wizzz ! le pirate se transforma en chien. Estella ramena une chaîne qui traînait par là, et l'enroula autour du cou de l'animal. Elle le mena à fond de cale et l'y attacha solidement. Sans perdre un instant, elle se précipita vers la cabine où était retenue Élisabeth. Un regard à droite, à gauche : point de Zaïg.

« Vite, la formule ! »

Et, se penchant sur sa protégée, elle murmura une incantation.

– Que fais-tu encore ici, misérable ?

Estella se retourna, le sorcier venait d'entrer.

– Tu ne peux plus rien contre Élisabeth, sorcier de malheur ! Je l'ai plongée dans un sommeil éternel. Quant à ton maître, il se gratte les puces pour toujours !

Et la fée disparut dans un éclat de rire. Mais elle n'avait pas fini son travail...

L'aube pointait à l'horizon. Les côtes bretonnes étaient en vue.

– Pardonnez-moi, milady. Mais c'est la seule solution.

Estella fit souffler le vent, lever les vagues, zébrer les éclairs dans le ciel. Le bateau sombra dans la baie de la Fresnaye, au large du cap Fréhel.

– Au moins, dormirez-vous en paix parmi les algues et les coraux, soupira la fée.

Zaïg eut juste le temps de sauver Ottmar de la noyade.

Il le retrouva dans la cale, écumant de rage. Hélas pour lui, le sort qu'Estella avait jeté à Ottmar était tel que le sorcier ne put que lui donner l'immortalité. Le pirate resterait chien à jamais, à garder férocement celle qu'il aime.

D'ailleurs, lorsque le vent souffle moins fort dans la baie, on entend les aboiements d'un chien. Ce n'est autre qu'Ottmar qui veille. Seul celui qui saura le dompter réveillera la belle milady. Et, de cela, vous pouvez en être certain : c'est Estella qui me l'a dit.

# Cendrillon

Il était une fois un gentilhomme qui épousa en secondes noces une femme, la plus hautaine et la plus fière qu'on eût jamais vue. Elle avait deux filles de son humeur, et qui lui ressemblaient en toutes choses. Le mari avait de son côté une jeune fille, mais d'une douceur et d'une bonté sans exemple : elle tenait cela de sa mère, qui était la meilleure personne du monde.

Les noces ne furent pas plus tôt faites que la belle-mère fit éclater sa mauvaise humeur ; elle ne put souffrir les bonnes qualités de cette jeune enfant, qui rendaient ses filles encore plus haïssables. Elle la chargea des plus viles occupations

de la maison : c'était elle qui nettoyait la vaisselle et les escaliers, qui frottait la chambre de Madame, et celles de Mesdemoiselles ses filles ; elle couchait tout au haut de la maison, dans un grenier, sur une méchante paillasse, pendant que ses sœurs étaient dans des chambres parquetées, où elles avaient des lits des plus à la mode, et des miroirs où elles se voyaient depuis les pieds jusqu'à la tête. La pauvre fille souffrait tout avec patience, et n'osait s'en plaindre à son père qui l'aurait grondée, parce que sa femme le gouvernait entièrement.

Lorsqu'elle avait fait son ouvrage, elle s'allait mettre au coin de la cheminée, et s'asseoir dans les cendres, ce qui faisait qu'on l'appelait communément dans le logis Cucendron ; la cadette, qui n'était pas si cruelle que son aînée, l'appelait Cendrillon ; cependant Cendrillon, avec ses méchants habits, était cent fois plus belle que ses sœurs, quoique vêtues très magnifiquement.

Il arriva que le fils du roi donna un bal, et qu'il invita toutes les personnes de qualité : nos deux demoiselles y furent aussi conviées, car elles jouissaient d'une certaine renommée dans le pays. Les voilà bien aises et bien occupées à choisir les habits et les coiffures qui leur siéraient le mieux ; nouvelle peine pour Cendrillon, car c'était elle qui repassait le linge de ses sœurs et amidonnait leurs manchettes.

On ne parlait que de la manière dont on s'habillerait.

– Moi, dit l'aînée, je mettrai mon habit de velours rouge et ma garniture d'Angleterre.

– Moi, dit la cadette, je n'aurai que ma jupe ordinaire ; mais, en récompense, je mettrai mon manteau à fleurs d'or et ma barrière de diamants, qui n'est pas des plus indifférentes.

On envoya quérir la bonne coiffeuse et la meilleure chapelière. Les deux sœurs appelèrent Cendrillon pour lui demander son avis, car elle avait le goût bon. Cendrillon les conseilla le mieux du monde, et s'offrit même à les coiffer ; ce qu'elles voulurent bien. Tout en se faisant coiffer, elles lui disaient :

– Cendrillon, serais-tu bien aise d'aller au bal ?

– Hélas, Mesdemoiselles, vous vous moquez de moi, ce n'est pas là ce qu'il me faut.

– Tu as raison ; on rirait bien si on voyait un Cucendron aller au bal.

Une autre que Cendrillon les aurait coiffées de travers ; mais elle était bonne, et elle les coiffa parfaitement bien. Elles furent près de deux jours sans manger, tant elles étaient transportées de joie. On rompit plus de douze lacets à force de les serrer pour leur rendre la taille plus menue, et elles étaient toujours devant leur miroir.

Enfin, l'heureux jour arriva ; on partit, et Cendrillon les suivit des yeux le plus longtemps qu'elle put ; lorsqu'elle ne les vit plus, elle se mit à pleurer. Sa marraine, qui la vit tout en pleurs, lui demanda ce qu'elle avait.

– Je voudrais bien… je voudrais bien…

Elle pleurait si fort qu'elle ne put achever. Sa marraine, qui était fée, lui dit :

– Tu voudrais bien aller au bal, n'est-ce pas ?

– Hélas oui, dit Cendrillon en soupirant.

– Eh bien, seras-tu bonne fille ? dit sa marraine ; je t'y ferai aller.

Elle la mena dans sa chambre, et lui dit :

– Va dans le jardin et apporte-moi une citrouille.

Cendrillon alla aussitôt cueillir la plus belle qu'elle put trouver, et la porta à sa marraine, ne pouvant deviner comment cette citrouille la pourrait faire aller au bal. Sa marraine la creusa et, n'ayant laissé que l'écorce, la frappa de sa baguette, et la citrouille fut aussitôt changée en un beau carrosse tout doré.

Ensuite elle alla regarder dans sa souricière, où elle trouva six souris toutes en vie ; elle dit à Cendrillon de lever un peu la trappe de la souricière, et à chaque souris qui sortait, elle lui donnait un coup de sa baguette, et la souris était aussitôt changée en un beau cheval ; ce qui fit un bel attelage de six chevaux, d'un beau gris de souris pommelé.

Comme elle se demandait avec quoi elle ferait un cocher :

– Je vais voir, dit Cendrillon, s'il n'y a point quelque rat dans la ratière, nous en ferons un cocher.

– Tu as raison, dit sa marraine, va voir.

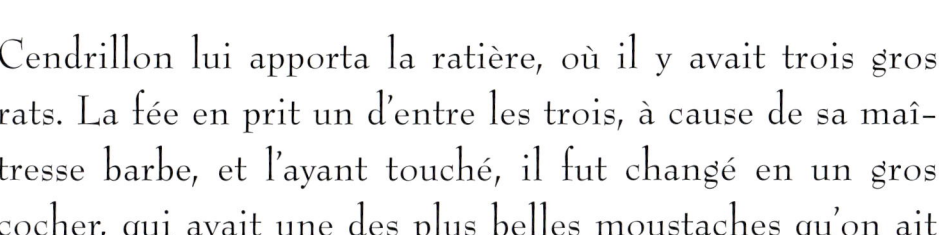

Cendrillon lui apporta la ratière, où il y avait trois gros rats. La fée en prit un d'entre les trois, à cause de sa maîtresse barbe, et l'ayant touché, il fut changé en un gros cocher, qui avait une des plus belles moustaches qu'on ait jamais vues.

Ensuite elle lui dit :

– Va dans le jardin, tu y trouveras six lézards derrière l'arrosoir, apporte-les-moi.

Elle ne les eut pas plus tôt apportés que la marraine les changea en six laquais, qui montèrent aussitôt derrière le carrosse avec leurs habits chamarrés, et qui s'y tenaient attachés, comme s'ils n'eussent fait autre chose toute leur vie.

La fée dit alors à Cendrillon :

– Eh bien, voilà de quoi aller au bal, n'es-tu pas bien aise ?

— Oui, mais est-ce que j'irai comme cela avec mes vilains habits ?

Sa marraine ne fit que la toucher avec sa baguette, et en même temps ses habits furent changés en des habits de drap d'or et d'argent tout chamarrés de pierreries ; elle lui donna ensuite une paire de pantoufles de verre, les plus jolies du monde. Quand elle fut ainsi parée, elle monta en carrosse ; mais sa marraine lui recommanda sur toutes choses de ne pas rentrer après minuit, l'avertissant que, si elle demeurait au bal un moment davantage, son carrosse redeviendrait citrouille, ses chevaux des souris, ses laquais des lézards, et que ses habits reprendraient leur première forme.

Elle promit à sa marraine qu'elle ne manquerait pas de sortir du bal avant minuit. Elle part, ne se sentant pas de joie. Le fils du roi, qu'on alla avertir qu'il venait d'arriver une grande princesse qu'on ne connaissait point, courut la recevoir ; il lui donna la main à la descente du carrosse, et la mena dans la salle où était la compagnie. Il se fit alors un grand silence ; on cessa de danser, et les violons ne jouèrent plus, tant on était attentif à contempler les grandes beautés de cette inconnue. On n'entendait qu'un bruit confus : « Ah, qu'elle est belle ! » Le roi même, tout vieux qu'il était, ne cessait de la regarder, et de dire tout bas à la reine, qu'il y avait longtemps qu'il n'avait vu une si belle et si aimable personne. Toutes les dames étaient attentives à considérer sa coiffure et ses habits, pour en avoir dès le lendemain de semblables, pourvu qu'il se trouvât des étoffes assez belles, et des ouvriers assez habiles.

Le fils du roi la mit à la place la plus honorable, et ensuite la prit pour la mener danser. Elle dansa avec tant de grâce, qu'on l'admira encore davantage. On apporta une fort belle collation, dont le jeune prince ne mangea point, tant il était occupé à la considérer. Elle alla s'asseoir auprès de ses sœurs, et leur fit mille gentillesses et partagea avec elles les oranges et les citrons que le prince lui avait donnés ; ce qui les étonna fort, car elles ne la connaissaient point.

Lorsqu'elles causaient ainsi, Cendrillon entendit sonner onze heures trois quarts : elle fit aussitôt une grande révérence à la compagnie, et s'en alla le plus vite qu'elle put. Dès qu'elle fut arrivée, elle alla trouver sa marraine et, après l'avoir remerciée, elle lui dit qu'elle souhaiterait bien aller encore le lendemain au bal, parce que le fils du roi l'en avait priée. Comme elle était occupée à raconter à sa marraine tout ce qui s'était passé au bal, les deux sœurs heurtèrent à la porte ; Cendrillon leur alla ouvrir.
– Que vous avez mis longtemps à revenir ! leur dit-elle en bâillant, en se frottant les yeux, et en s'étendant comme si elle venait de se réveiller ; elle n'avait cependant pas eu envie de dormir depuis qu'elles s'étaient quittées.

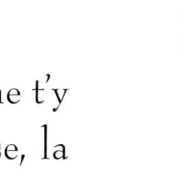

– Si tu étais venue au bal, lui dit une de ses sœurs, tu ne t'y serais pas ennuyée : il y est venu la plus belle princesse, la plus belle qu'on puisse jamais voir ; elle nous a fait mille civilités, elle nous a donné des oranges et des citrons.
Cendrillon ne se sentait pas de joie : elle leur demanda le nom de cette princesse ; mais elles lui répondirent qu'on ne la connaissait pas, que le fils du roi en était fort en peine, et qu'il donnerait toutes choses au monde pour savoir qui elle était. Cendrillon sourit et leur dit :
– Elle était donc bien belle ? Mon Dieu, que vous êtes heureuses, ne pourrais-je point la voir ? Hélas, mademoiselle Javotte, prêtez-moi votre habit jaune que vous mettez tous les jours.
– Vraiment ! répondit l'aînée. Prêter votre habit à un vilain Cucendron comme cela, il faudrait que vous fussiez bien folle.
Cendrillon s'attendait bien à ce refus, et elle en fut bien aise, car elle aurait été grandement embarrassée si sa sœur eût bien voulu lui prêter son habit.

Le lendemain les deux sœurs furent au bal, et Cendrillon aussi, mais encore plus parée que la première fois. Le fils du roi fut toujours auprès d'elle, et ne cessa de lui conter des douceurs ; la jeune demoiselle ne s'ennuyait point, et oublia ce que sa marraine lui avait recommandé ; de sorte qu'elle entendit sonner le premier coup de minuit, lorsqu'elle ne croyait pas qu'il fût encore onze heures : elle se leva et s'enfuit aussi légèrement qu'aurait fait une biche. Le prince la suivit, mais il ne put l'attraper ; elle laissa tomber une de ses pantoufles de verre, que le prince ramassa bien soigneusement. Cendrillon arriva chez elle bien essoufflée, sans carrosse, sans laquais, et avec ses méchants habits, rien ne lui étant resté de toute sa magnificence qu'une de ses petites pantoufles, la même que celle qu'elle avait laissée tomber. On demanda aux gardes de la porte du palais s'ils n'avaient point vu sortir une princesse ; ils dirent qu'ils n'avaient vu sortir personne, qu'une jeune fille fort mal vêtue, et qui avait plus l'air d'une paysanne que d'une demoiselle.

Quand ses deux sœurs revinrent du bal, Cendrillon leur demanda si elles s'étaient encore bien diverties, et si la belle dame y avait été ; elles lui dirent que oui, mais qu'elle s'était enfuie lorsque minuit avait sonné, et si promptement qu'elle avait laissé tomber une de ses pantoufles de verre, la plus jolie du monde ; que le fils du roi l'avait ramassée, et qu'il n'avait fait que la regarder pendant tout le reste du bal, et qu'assurément il était fort amoureux de la belle personne à qui appartenait la petite pantoufle.

Elles dirent vrai car, peu de jours après, le fils du roi fit

publier à son de trompe, qu'il épouserait celle dont le pied serait bien juste à la pantoufle. On commença à l'essayer aux princesses, ensuite aux duchesses, et à toute la cour, mais inutilement. On l'apporta chez les deux sœurs, qui firent tout leur possible pour faire entrer leur pied dans la pantoufle, mais elles ne purent en venir à bout. Cendrillon qui les regardait, et qui reconnut sa pantoufle, dit en riant :
– Voyons un peu comment elle me va, à moi !
Ses sœurs se mirent à rire et à se moquer d'elle. Le gentilhomme qui faisait l'essai de la pantoufle, ayant regardé attentivement Cendrillon, et la trouvant fort belle, dit que cela était juste, et qu'il avait ordre de l'essayer à toutes les filles. Il fit asseoir Cendrillon, et approchant la pantoufle de son petit pied, il vit qu'elle y entrait sans peine.

L'étonnement des deux sœurs fut grand, mais plus grand encore quand Cendrillon tira de sa poche l'autre petite pantoufle qu'elle mit à son pied. Là-dessus arriva la marraine, qui ayant donné un coup de sa baguette sur les habits de Cendrillon, les fit devenir encore plus magnifiques que tous les autres.

Alors ses deux sœurs la reconnurent pour la belle personne qu'elles avaient vue au bal. Elles se jetèrent à ses pieds pour lui demander pardon de tous les mauvais traitements qu'elles lui avaient fait souffrir. Cendrillon les releva, et leur dit, en les embrassant, qu'elle leur pardonnait de bon cœur, et qu'elle les priait de l'aimer bien toujours. On la mena chez le jeune prince, parée comme elle était. Il la trouva encore plus belle que jamais, et, peu de jours après, il l'épousa. Cendrillon, qui était aussi bonne que belle, fit loger ses deux sœurs au palais, et les maria dès le jour même à deux grands seigneurs de la cour.

# Mélusine, la fée serpent

Voici la légende de la fée Mélusine que l'on contait à la veillée, dans certains villages du Poitou.

Il y a de cela plusieurs siècles, Élinas, roi d'Albanie, prit pour épouse Pressine, une jeune femme d'une grande beauté. De cette union naquirent le même jour trois filles.

Pressine, qui était une fée, exigea qu'Élinas ne soit pas présent le jour de ses couches. Car observer une fée dans ses instants de délivrance était considéré comme une grave offense, généralement punie d'exil.

Hélas ! Le roi, impatient de voir ses enfants, manqua à sa parole.

Furieuse et déçue, la fée Pressine dut le quitter, emmenant avec elle ses trois filles : Mélusine, Mélior et Palestine.

Quelques années plus tard, afin de venger l'affront fait à sa mère, Mélusine, l'aînée des trois sœurs, emmura vivant son père dans la montagne de Brundelois.

Mais Pressine, qui aimait toujours son mari, s'irrita de l'audace de sa fille. Elle décida de la punir sévèrement, en lui jetant un mauvais sort !

– Pour avoir emmuré vivant ton père, gronda Pressine, je te bannis et te condamne à être moitié femme et moitié serpent, chaque samedi de ta longue vie. Si quiconque découvre ton secret, tu seras changée en serpent ailé pour l'éternité !

La pauvre Mélusine accepta son cruel châtiment et quitta sa famille pour se réfugier dans la forêt de Lusignan.

Un matin d'automne, Raimondin, fils du comte de Forez, après une chasse bien menée, alla se rafraîchir à la fontaine de Soif-Jolie. Menant son cheval au trot, il arrêta net l'animal derrière une rangée d'aubépines, pour écouter, fort surpris, le chant d'une femme à la voix si mélodieuse et si triste qu'il en fut bouleversé.

– Qui chante de la sorte ? s'étonna Raimondin.

Il s'approcha de la fontaine.

– Par Dieu tout-puissant ! s'exclama-t-il. Qui est donc cette merveille ?

Mélusine, vêtue de blanc et d'or, ses longs cheveux roux la recouvrant tel un manteau, se languissait, assise sur le rebord de la fontaine.

– Gente dame… commença Raimondin en s'avançant.

Mélusine sursauta et, à la vue du jeune comte, voulut s'enfuir.

– Ne partez pas ! s'écria Raimondin. Je ne vous veux point de mal !

Mélusine hésita.

– Êtes-vous perdue ? Avez-vous besoin d'aide ? demanda-t-il.

– Non, répondit la fée, méfiante.

– Dans ce cas, puis-je savoir qui vous êtes ?

– Je ne peux vous révéler mon nom, seigneur, mentit-elle. Mon père serait fort en courroux s'il me savait si loin de chez nous !

– Vous sembliez si triste… votre chant était si désespéré, insista Raimondin. Je vous en prie, dites-moi quelle est votre détresse et, par mon honneur, je vous promets de tout faire pour vous secourir !

Mélusine ne sut que répondre, trop troublée par le regard profond et sincère du jeune homme.

– Vous êtes… si belle ! continua Raimondin, ému. Je n'ai jamais rencontré… pareille pureté, pareille grâce ! Êtes-vous sûre d'être réelle ? N'êtes-vous point une apparition magique ou une fée ?

Mélusine tressaillit. L'émotion du jeune comte lui faisait prononcer, à son insu, des vérités qu'elle n'osait pas lui confirmer.

– Je dois partir ! dit-elle pour toute réponse.

– Quel que soit votre secret, s'il vous en coûte de retourner chez vous, fit Raimondin en mettant un genou à terre devant la fée médusée, je vous offre, sans la moindre hésitation, mon nom et mes terres ! Car par la volonté de notre Dieu tout-puissant qui a guidé mes pas jusqu'à vous, je le crois, je vous aime déjà de toute mon âme !

– Relevez-vous, chevalier ! dit Mélusine, se sentant à son tour envahie d'un immense amour. J'accepte de vous épouser, non pas pour échapper à mon triste sort, mais parce que vous êtes le seul qui ait su toucher mon cœur. Cependant, il est une condition à notre union : il vous faudra renoncer à vouloir me voir tous les samedis, du lever au coucher du soleil, et cela sans me poser la moindre question ! Acceptez-vous ?

Raimondin promit, et bientôt on célébra leurs noces.

Ils vécurent heureux pendant de longues années et eurent huit fils. Mais hélas, chacun d'entre eux, bien que bel enfant, était marqué d'une disgrâce physique.

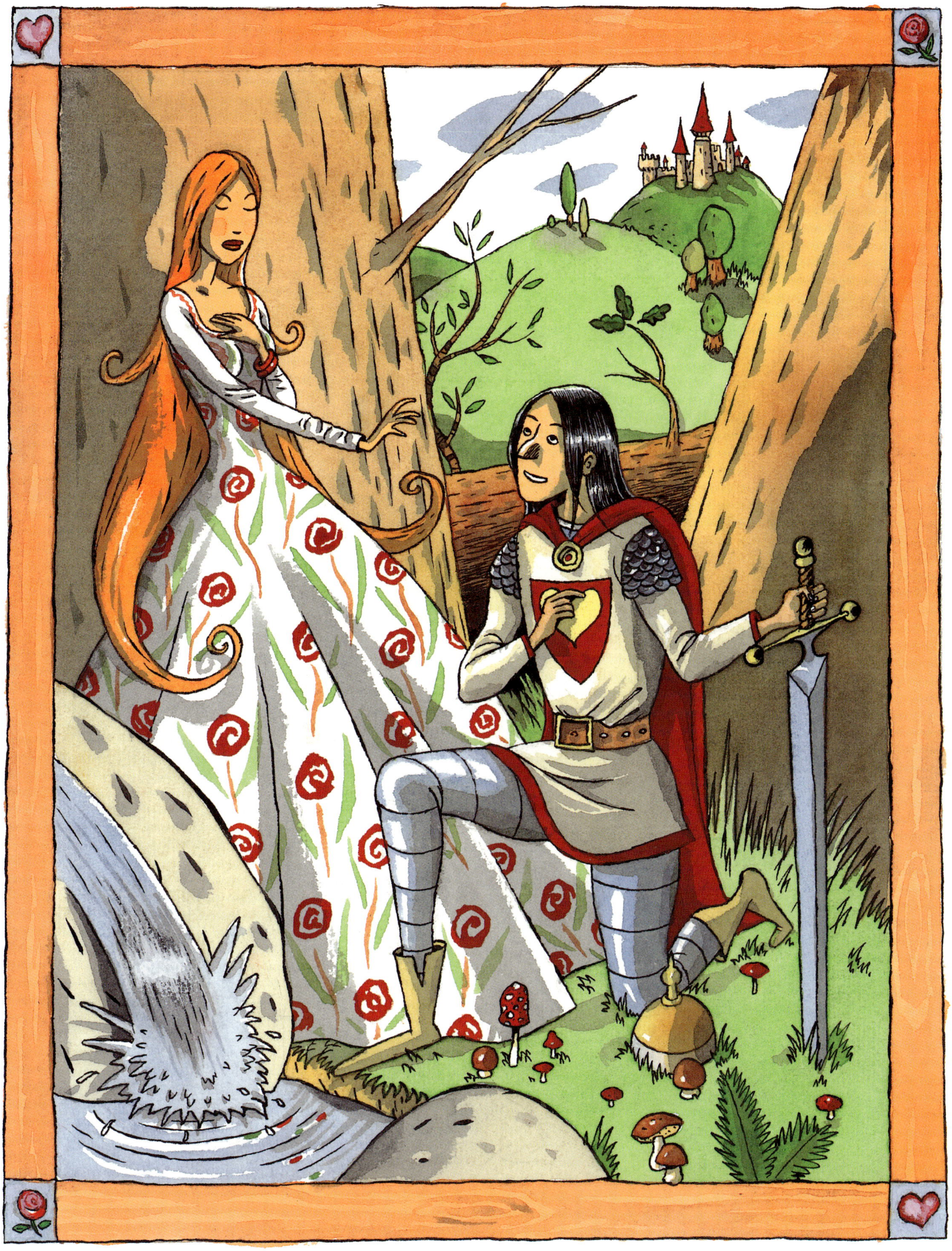

Le premier, Vriam, avait un œil rouge et l'autre bleu.

Le second, Odon, avait le visage couleur rouge cerise.

Le troisième, Guion, eut un œil plus haut que l'autre.

Le quatrième, nommé Antoine, avait une tache en forme de griffe de lion sur la joue.

Le cinquième, Renaud, n'eut qu'un seul œil. Mais cela ne le gêna pas car il distinguait tout à plus de vingt lieues !

Le sixième, Geoffroi, naquit avec une dent qui lui sortait de la bouche. On le surnomma Geoffroi à la grande dent.

Le septième, Froimond, avait sur le nez une affreuse touffe de poils.

Et le huitième, nommé Simon, avait trois yeux, dont l'un situé au milieu du front.

Il va sans dire que l'entourage de Raimondin médisait beaucoup.

– Mais pourquoi une malédiction frappe-t-elle les enfants du comte ?

– Quel est le secret de Mélusine ?

– Pourquoi s'enferme-t-elle tous les samedis dans la tour du château ?

– Est-elle une sorcière ?

– Peut-être donne-t-elle rendez-vous au diable ?

Un samedi, arriva au château de Lusignan le frère aîné de Raimondin. Fourbe et menteur, il insinua le doute dans l'esprit naïf du comte, qu'il jalousait.

– Raimondin, mon cher frère, lui dit-il hypocritement, je crois que vous êtes trop amoureux de votre femme pour vous rendre compte qu'elle trompe votre confiance !

Comment pouvez-vous supporter tous ces samedis où elle vous interdit sa chambre ? Ne serait-ce point pour y recevoir quelqu'un d'autre ? Il m'est désagréable de penser que votre honneur puisse être bafoué de la sorte ! Un Forez ne peut tolérer cela plus longtemps ! Vous devez réagir !

Fou de douleur et de rage, Raimondin, une épée à la main, se précipita à la tour dans laquelle s'était isolée Mélusine. Il grimpa quatre à quatre les marches et ouvrit avec violence la porte de la chambre, sûr d'y trouver sa femme en compagnie d'un autre homme.

Mais il resta pétrifié d'horreur par le spectacle qu'il découvrit. Mélusine, seule, prenait un bain dans un baquet aux parois recouvertes d'un linge blanc. Le haut de son corps était aussi gracieux et bien fait que le bas était horrible et laid. En effet, une énorme queue de serpent, squameuse et argentée, s'agitait avec puissance, faisant jaillir des gerbes d'eau.

Mélusine, honteuse et humiliée d'être ainsi découverte, cacha son visage dans ses mains. Elle supplia son mari de partir. Mais Raimondin, sidéré, ne pouvait bouger.

Alors, la fée sortit de son bain. Elle jeta un regard douloureux à son mari et, devant ses yeux agrandis d'effroi, elle se transforma en serpent ailé, avant de s'envoler par la fenêtre en poussant d'horribles cris.

Raimondin, effondré, tomba à genoux et pleura.

Se maudissant tous les jours d'avoir trahi sa femme qu'il continuait d'aimer, le comte se retira dans un couvent, où il fit pénitence jusqu'à la fin de sa vie.

La fée Mélusine, quant à elle, ne put se résoudre à abandonner ses enfants qu'elle chérissait. Certaines nuits, elle revenait chez elle, à Lusignan. Seuls, ses fils se réjouissaient de sa présence. Car demi-génies eux-mêmes de par leur naissance, ils ne s'effrayaient point de son apparence de serpent ailé.

C'est ainsi qu'elle veilla sur eux, pendant des années, les prévenant du moindre danger par des cris poussés du haut des tours de leurs châteaux.

Les jours de grand vent, certains paysans du Poitou affirment ainsi entendre le chant triste et mélodieux de la fée Mélusine qui pleure son amour perdu.

# L'Elfe et le Bûcheron

Un pauvre bûcheron qui n'avait ni femme ni enfants vivait misérablement dans une chaumière délabrée à l'entrée de la forêt des Chênes.

Son grand âge ne lui permettait plus d'abattre les arbres aussi souvent que son métier le réclamait.

Comme il ne pouvait plus fournir le bois demandé par le roi, celui-ci avait trouvé un autre bûcheron pour approvisionner les réserves du château.

Le vieil homme dut alors se rendre au marché de la ville pour vendre les quelques bûches qui lui restaient. Mais la recette fut maigre. Et le pauvre bûcheron s'en retourna tristement chez lui, tirant sa vieille charrette.

Fatigué, il s'assit sur une souche d'arbre et soupira :
« Ah, si seulement la vie m'avait donné une épouse ! Aujourd'hui, mes fils pourraient m'aider ! Et je serais toujours le bûcheron du roi. »
– Holà, vieil homme ! fit soudain une voix. Te sens-tu mal ?
Le bûcheron sursauta et se retourna.
Derrière lui se tenait un fort gaillard, jeune et très beau, aux cheveux aussi dorés que le soleil.
– Je suis juste un peu fatigué, dit le vieil homme.
– Veux-tu que je t'aide à tirer ta charrette jusque chez toi ?
– Je ne voudrais pas te retarder.
– Ne t'inquiète pas. Je ne suis pas pressé. D'ailleurs, je n'ai pas de but précis. Je vais où mes pas me portent.
– Alors, je ne refuse pas un peu d'aide, dit le bûcheron en se redressant péniblement.

Lorsqu'ils arrivèrent à la chaumière, le jeune homme déposa la charrette près d'un abri à bois.
– Est-ce là que tu entasses ton bois ? demanda-t-il.
– C'est là que je l'entassais, devrais-tu dire. Hélas, je n'ai plus mes bras de vingt ans et cet abri reste désespérément vide !
– Écoute, vieil homme ! Je vais rester quelque temps pour t'aider à couper ton bois. En échange, tu n'auras qu'à me donner un peu à manger. Cela me suffira.

– Mais... C'est que je ne possède pas grand-chose. Je n'ai plus de quoi faire ripaille !
– Ne t'inquiète pas ! Nous irons vendre ton bois au roi et tu pourras, de nouveau, faire bonne chère et bon feu !
– Mais le roi a un nouveau bûcheron... Il n'a plus besoin de mes services.
– Cela aussi changera. Fais-moi confiance !
– Qui es-tu donc ? Tu parais si sûr de toi.
– Je t'aiderai, vieil homme. Mais il faut me promettre de ne plus jamais me poser de questions !
– Entendu, dit le bûcheron, intrigué mais heureux que le ciel lui envoie enfin un fils pour le seconder.

Les saisons passèrent. Grâce au courage et à la ténacité du jeune homme, le bûcheron retrouva sa place d'honneur auprès du roi.
Sa vie s'améliora et il put même s'acheter une nouvelle charrette et un cheval.
Il y avait juste une ombre à son bonheur.
Après chaque souper, celui qu'il appelait affectueusement son fils disparaissait et ne revenait
qu'au matin.

Ayant promis de ne lui poser aucune question, le bûcheron regardait s'enfoncer dans la forêt, sans rien dire.

Un soir, cependant, il ne put s'empêcher de le suivre.

Une pluie d'hiver, fine et froide, tombait sur ses épaules voûtées. Après une longue marche, le vieux bûcheron se rendit compte qu'ils entraient dans la forêt Gastée. Cette forêt avait mauvaise réputation. On disait que les curieux et les chevaliers qui s'y étaient aventurés n'en étaient jamais ressortis.

Le vol feutré d'une chouette fit sursauter le bûcheron. Le bruissement des bêtes nocturnes l'inquiéta. Il regretta alors de n'avoir pas tenu sa promesse, mais il était trop tard pour faire demi-tour.

Le jeune homme entra dans une futaie.

Le bûcheron le suivit en prenant garde de ne point se faire

remarquer.

C'est alors qu'il fut ébloui par une grande lumière. Il écarquilla ses yeux ridés et admira le spectacle qui s'offrait à lui.

Des elfes à peine vêtus formaient des rondes au-dessus d'énormes fleurs. Ils se déplaçaient très vite, en riant. Le bûcheron avait entendu parler de ces petits êtres bleus, mais il n'en avait encore jamais vu. Chose extraordinaire, remarqua soudain le vieil homme, la pluie ne tombait pas dans leur cercle de jeux.

Et tout à coup, il le vit. Oui, le vieil homme vit son fils pénétrer dans le cercle de jeux et, après une explosion de couleurs, se transformer en elfe. Son fils était un elfe ! C'était un être magique, une créature de la forêt !

Réalisant soudain qu'il avait violé son secret, le bûcheron

affolé retourna sur ses pas et, il ne sut comment, rejoignit sa chaumière avant le lever du jour.

Comme tous les matins, pendant qu'il attendait le retour de son fils, le vieux bûcheron prépara le déjeuner. Celui-ci consistait en une omelette et des fruits cuits dans du miel. Le jeune homme arriva, comme à son habitude, au chant du coq.
– Bonjour, mon fils, dit le bûcheron, cachant son embarras.
– Bonjour, Père ! répondit l'elfe en s'asseyant à table. Elle sent drôlement bon, ton omelette !
– Oui... j'y ai mis quelques champignons...
– Très bonne idée !
Le jeune homme mangea de fort bon appétit sous l'œil rassuré de son père. L'elfe était revenu. Personne, à part le bûcheron, ne connaîtrait jamais son secret.
L'elfe abattit, scia, coupa du bois toute la journée. Le soir venu, après avoir fini son dur labeur, il alla se rafraîchir au puits. Le vieux bûcheron lui tendit un linge pour essuyer son visage et ses mains.
– Merci, Père ! dit le jeune homme. Ce soir, ta remise est pleine. Tu n'auras qu'à te rendre demain au château pour livrer le bois au roi.
– Comment ? fit le bûcheron. Tu ne m'accompagneras pas ?
– Non, Père ! Tu as trahi ton serment ! Il me faut rentrer chez moi pour toujours.
Le bûcheron blêmit.
– Fils... Je t'assure... Mais comment ?...
– Tu as été vu ! Nul n'a le droit de connaître le secret des

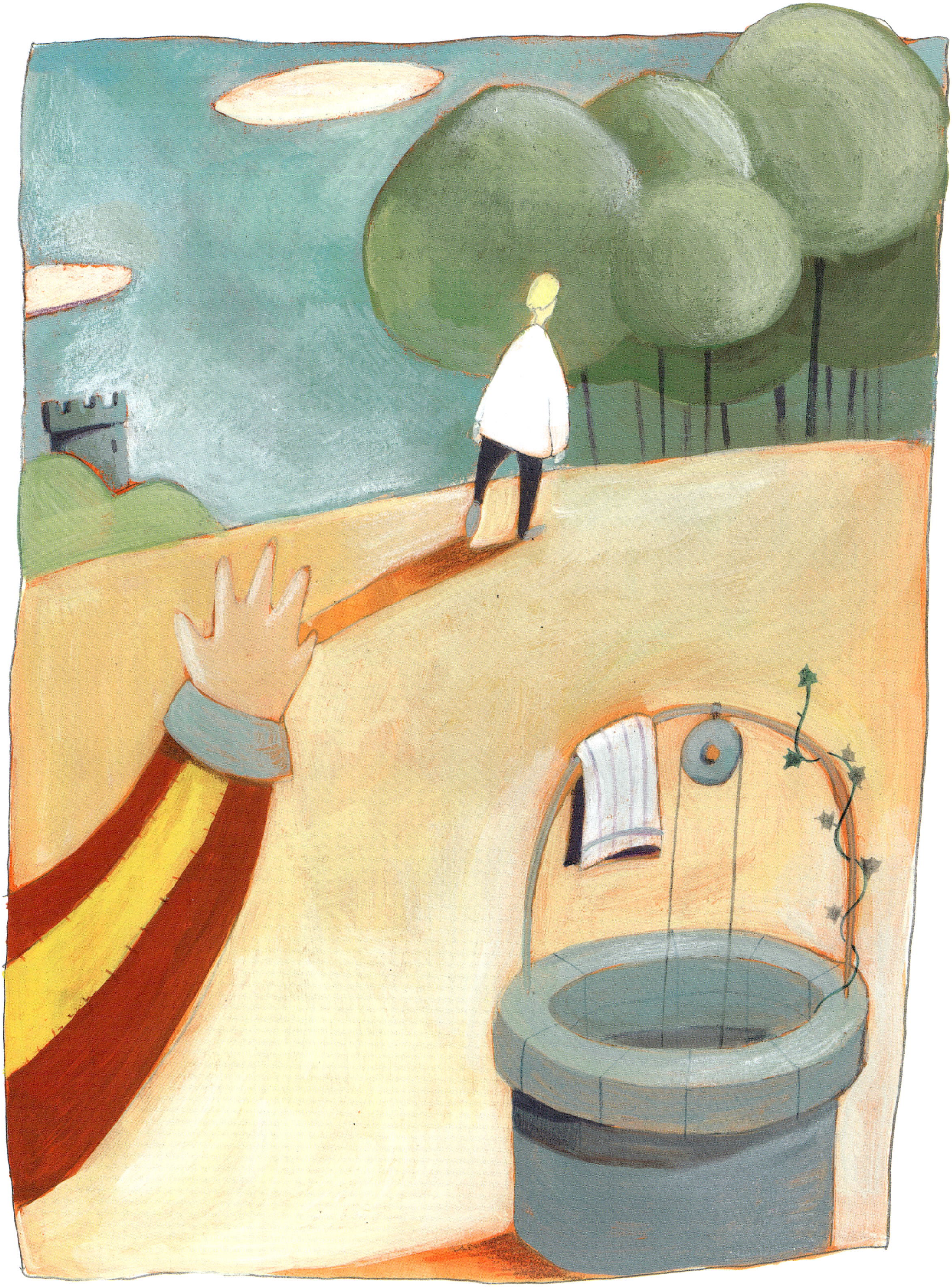

elfes ! Ta curiosité a été la plus forte, mais sache que les mortels sont trop fragiles pour avoir accès à notre monde ! Adieu, Père ! Tu me manqueras !
– Je ne dirai rien... Je regrette... Ne pars pas !...
Mais l'elfe avait déjà disparu dans la forêt.

Chaque matin, le vieux bûcheron, voûté par le chagrin, constatait avec surprise que son abri à bois était rempli de bûches coupées.
Le vieil homme ne manquait de rien, mais il ne se consola jamais de la perte de celui qu'il considérait comme son fils et que sa curiosité lui avait fait perdre à tout jamais.

# Les Sortilèges de la fée Morgane

Il y a très longtemps, au royaume de Logres, vivait une fée qui s'appelait Morgane.
Sa beauté n'avait d'égal que sa méchanceté. Elle était toujours vêtue de noir, et de grandes boucles brunes lui encadraient le visage, où brûlaient deux grands yeux sombres. Morgane habitait un lieu-dit appelé « le Val sans retour ». C'était une vallée perdue, entourée d'une forêt dense et épineuse. Là, bien à l'abri dans son immense château, elle complotait contre le roi Arthur, son demi-frère, qu'elle haïssait.

Sachant la quête du Saint-Graal très importante pour le roi, Morgane usait de ses charmes diaboliques pour ensorceler et détourner les chevaliers de la Table ronde. L'un d'eux, cependant, sut lui résister. Il s'appelait Lancelot. Il avait été élevé, après la mort de son père, le roi Ban de Bénoïc, par la fée Viviane. Celle-ci habitait dans un château invisible, sous un lac, à l'abri du regard des humains. C'est pour cela qu'on l'appelait « la Dame du lac ». Ainsi, Lancelot devint Lancelot du lac.

C'était le plus valeureux et le plus fidèle des chevaliers du roi Arthur. Et aussi le plus séduisant. Lorsqu'il croisa le regard de la reine Guenièvre, épouse d'Arthur, un amour indestructible les lia, en un instant, l'un à l'autre.

Ne voulant trahir son roi et ne pouvant renoncer à la reine, Lancelot s'abrutissait de batailles, de défis, de quêtes, de joutes et de tournois pour apaiser son cœur malheureux.

La fée Morgane, jalouse de la beauté de Guenièvre, et furieuse de constater que Lancelot la préférait à elle, décida de s'emparer du chevalier qu'elle aimait en usant de sa magie.

Un jour, alors que Lancelot traquait un sanglier à la sortie de la Forêt-Perdue, son cheval trébucha et tomba sur le flanc.

– Holà ! s'écria Lancelot en atterrissant avec lui sur la terre meuble.

Il se releva et aida l'animal à se redresser.

– Par quel curieux coup du sort cela a-t-il pu arriver ? demanda-t-il à son destrier.

Il inspecta le jarret de l'animal, mais ne remarqua aucune blessure.

– Le terrain n'est pourtant pas accidenté, constata Lancelot, étonné.

C'est alors qu'il entendit un grognement sourd de sanglier. Il se dirigea vers des buissons touffus, son épée à la main.

– Sors de là ! lança-t-il en fouettant les herbes de toutes ses forces.

Le grondement se fit entendre plus loin, derrière un fourré.

– Ah ! Tu es là ! rugit Lancelot, en enfonçant plusieurs fois son épée à travers les ronces.

Soudain, Lancelot sentit une présence derrière lui. Il se retourna vivement. Seul un arbre maigre aux branches tordues lui faisait face.

« Qu'est-ce donc encore que ce sortilège ? »

L'arbre ricana et disparut.

– Diableries ! pesta Lancelot en se dirigeant rapidement vers son destrier.

Mais un géant de feu lui barra le passage. Le chevalier s'élança, prêt à l'affronter. Alors que son épée touchait les premières flammes, le géant se dissipa dans la brume.
– Quittons vite ce lieu maudit ! maugréa Lancelot.
Soudain une voix métallique l'apostropha :
– Serais-tu donc le plus lâche des chevaliers d'Arthur ?
Lancelot se retourna et vit, stupéfait, un chevalier à l'armure rouge qui se dressait, telle une montagne.
– Nul jamais ne me traitera de lâche ! s'emporta Lancelot.
Il fit face à l'étrange guerrier qui le défiait.
Celui-ci souleva une lourde et longue épée, aussi rouge que son heaume et son écu, qui étincelaient sous le soleil.
Avec un cri rauque, il l'abattit sur Lancelot, qui eut juste le temps de l'esquiver en se jetant sur le côté.
Lancelot brandit à son tour son épée. Il fonça, tel un possédé, sur le géant, l'attaquant furieusement à droite et à gauche. Le chevalier rouge se mouvait avec difficulté, entravé par sa lourde armure qui devait peser plus de trente kilos.
– Tu es fort mais guère souple, on dirait ! ironisa Lancelot.
– Je vais te pourfendre ! enragea le géant.
La forêt résonna du bruit métallique des épées qui s'entrechoquaient.
Aucun des deux hommes ne reculait. Le combat s'éternisait. Le chevalier rouge était beaucoup plus fort que Lancelot. Ses attaques, plus puissantes. Lancelot commençait à ressentir la fatigue dans ses bras. C'est alors que l'épée du géant l'atteignit au visage, lui tailladant la joue gauche.
Le chevalier rouge se mit à rire, sûr de sa victoire.

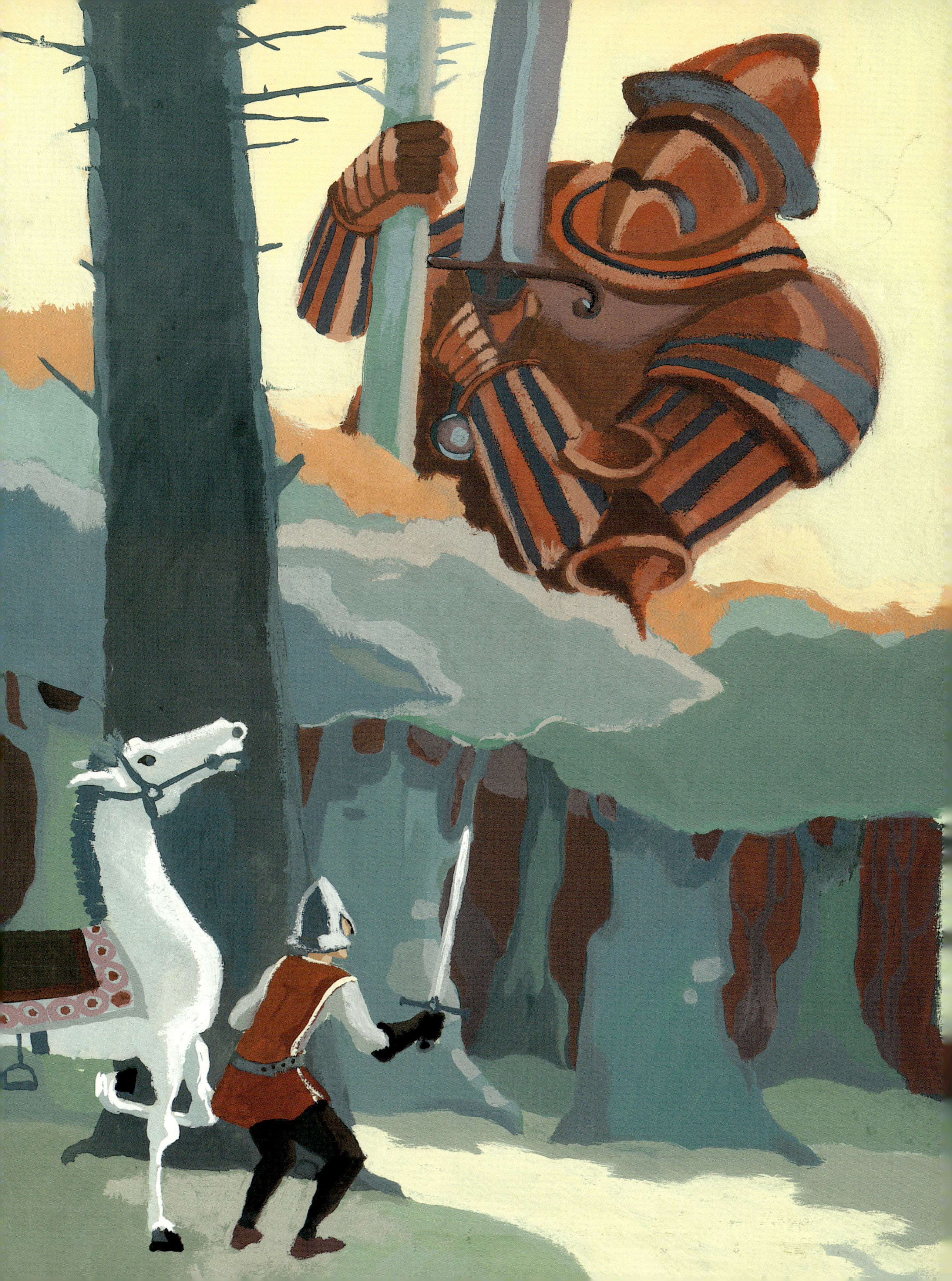

– Par le Christ ! rugit Lancelot. Je vais te faire rentrer ton rire dans la gorge !

Il saisit alors son épée à deux mains, fit un tour rapide et complet sur lui-même et, avec une force décuplée par la haine, trancha la tête du géant. Elle roula avec son heaume sur le chemin, d'où s'élevaient des fumerolles.

Emporté par son élan, Lancelot se plia en deux. Quand il se redressa, le chevalier rouge s'était volatilisé.

– Cette forêt est ensorcelée !… dit-il à son cheval qui s'était éloigné.

Mais l'animal recula en hennissant.

– Tout doux, mon ami ! fit Lancelot. Ce n'est que moi ! Est-ce mon sang qui t'inquiète ? lui demanda-t-il, en essuyant sa joue du revers de sa main.

Il ne trouva plus aucune trace de blessure sur son visage.

– C'est un sortilège qui me sied davantage ! Il m'aurait déplu d'avoir une cicatrice aussi profonde !

Le cheval continuait à s'affoler. Lancelot le retenait par les rênes, essayant tant bien que mal de le calmer. Rien n'y fit. Le cheval rua et partit au galop.

– Hé ! Reviens ici !

Lancelot ne bougea plus. Une chaleur anormale effleurait son dos. Il se retourna très lentement. Un dragon ! Lancelot en resta pétrifié.

Le monstre avait le ventre vert, les flancs jaunes et la tête noire, couverte de poils. Deux ailes gigantesques s'agitaient au-dessus de son dos. Ses quatre pattes étaient puissamment armées de griffes acérées.

Le dragon cracha du feu et Lancelot ne dut son salut qu'à son bouclier, derrière lequel il s'accroupit.

– Cela ne cessera-t-il donc jamais ? gémit Lancelot découragé. Qui veut ainsi m'éprouver ?

Il se redressa et menaça le dragon de son épée.

– Hé ! Toi ! Vas-tu aussi disparaître ou devrai-je t'occire avant ?

Pour toute réponse, le dragon se retourna et, avec sa queue puissante, projeta Lancelot contre un rocher.

À moitié assommé, le chevalier mit quelques instants à reprendre ses esprits.

– Je crois… dit Lancelot en se relevant péniblement, que tu as… répondu à ma question !

Il ramassa son épée, qui avait atterri un mètre plus loin. Le dragon l'observait. Lancelot ne lui laissa pas le temps de réagir. Il bondit en avant et, d'un geste assuré et violent, enfonça son épée jusqu'à la garde, au travers de la gorge du dragon.

Avec un long cri strident, le monstre s'écroula lourdement sur le sol, soulevant un nuage de poussière dense, dans lequel il disparut, lui aussi.

Lancelot tomba à genoux devant son épée qui gisait dans l'herbe humide. Sa gorge le brûlait et ses forces étaient anéanties.

« Si un autre maléfice surgit, je n'y ferai plus face… Il me faut boire. »

Il se releva en prenant appui sur son épée. Il entendit alors le clapotis d'une source, non loin. Il s'y dirigea lentement. Agenouillé, Lancelot recueillit de l'eau dans ses mains et la porta à ses lèvres sèches.

« Et s'il s'agissait à nouveau d'un sortilège ? Il ne me semble pas avoir vu cette source en arrivant. Cette eau est peut-être bien empoisonnée… »

Le doute l'étreignait. Se redressant, Lancelot jeta l'eau à ses pieds. Il était assoiffé, mais son instinct ne le trompait jamais.

C'est alors qu'une femme vêtue d'un long manteau en peaux de renards s'avança. Lancelot sursauta et la reconnut immédiatement.

– Morgane ! Que faites-vous ici ?
– Je t'observais, mon beau et preux chevalier ! lui répondit-elle en tendant sa main vers le visage en sueur de Lancelot. Celui-ci recula prestement.
– Nul autre que toi ne pouvait vaincre tous ces maléfices ! continua la fée en faisant mine de ne pas remarquer la froideur de Lancelot.
– C'était donc vous, la responsable ! jeta Lancelot, les mâchoires serrées. J'aurais dû m'en douter !
Ils se toisaient du regard. Et autant les yeux de Lancelot étaient remplis de rage, autant ceux de Morgane reflétaient une profonde tristesse.
– Lancelot du lac, souffla-t-elle, tu es si fort, si courageux ! Nous pourrions faire de grandes choses, toi et moi ! Nous dominerions le monde ! Nous…
– Arrêtez ! coupa le chevalier. Je n'ai nul besoin de dominer le monde ! Ma condition me convient très bien !
– Vraiment ? s'agaça Morgane. Ta condition de valet résigné te convient ? Et qu'en est-il de tes amours ?

Tu n'auras jamais Guenièvre ! Arthur vous tuera tous les deux plutôt que de voir la reine le quitter !

— Je ne veux pas vous écouter ! jeta Lancelot d'une voix sèche. Quoi qu'il puisse y avoir entre Guenièvre et moi, cela ne vous regarde pas !

— Si tu m'aimais, tout serait plus simple, dit Morgane radoucie. Moi aussi, je suis très belle ! Et je ne connais pas d'homme qui ne succombe à mes charmes !

— Dans ce cas, vous n'avez nul besoin de moi !

— Mais c'est toi que j'aime ! avoua Morgane, rageusement.

Lancelot regarda son visage si beau se durcir sous l'effet de la colère, s'enlaidissant presque. Le chevalier se dit qu'il faudrait dorénavant se méfier d'elle.

Comme si elle lisait dans ses pensées, Morgane lâcha :

— Je ne m'avoue pas vaincue, chevalier de la Table ronde ! Tôt ou tard, tu m'appartiendras !

— Vous pouvez mettre tous les maléfices qu'il vous plaira sur ma route, dit Lancelot d'une voix calme, vous aurez peut-être raison de mon corps, mais vous n'aurez jamais mon cœur !

— Tu m'ennuies, Lancelot ! jeta la fée à court d'arguments.

Elle appela alors Barberousse, son cheval noir, qui broutait près de la source.

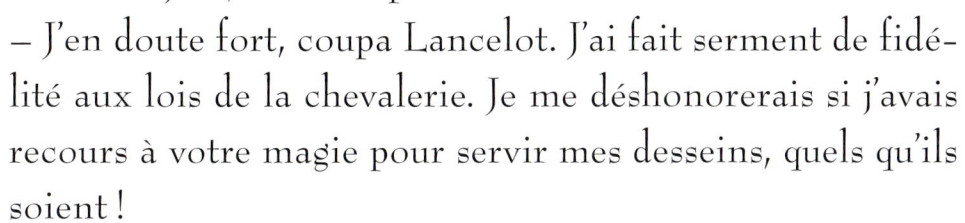

– Je n'aime pas que l'on me résiste ! dit-elle en montant en selle. Un jour, tu auras peut-être besoin de mes services…
– J'en doute fort, coupa Lancelot. J'ai fait serment de fidélité aux lois de la chevalerie. Je me déshonorerais si j'avais recours à votre magie pour servir mes desseins, quels qu'ils soient !
– Décidément, tu es bien le plus fidèle des chevaliers d'Arthur ! Dommage !
Elle se retourna une dernière fois :
– Nous nous reverrons, Lancelot du lac !
Et elle s'élança au galop vers le Val sans retour.
Lancelot soupira. Il n'en voulait pas vraiment à Morgane. Il était bien placé pour savoir que l'on ne pouvait lutter contre un amour qui vous dévorait le cœur et l'âme. Il siffla son cheval, qui surgit d'un bosquet d'ajoncs.
– C'est terminé ! Il n'y aura plus d'autres maléfices pour aujourd'hui ! lui dit-il d'une voix rassurante mais lasse. Rentrons !
Il partit vers Camelot, tandis qu'un soleil rouge noyait la vallée.

Du haut de son pommier, d'où il avait observé toute la scène, Merlin l'Enchanteur expliqua à un hochequeue perché sur son épaule :
– Vois-tu, mon ami, le Bien est plus puissant que le Mal ! Un cœur pur et fort vaincra toujours ! N'en déplaise à cette pauvre Morgane !
Et il disparut soudainement.

# Espiguette

Être berger et avoir sept filles, c'est beaucoup pour un seul homme ! La misère est là chaque jour, on le sait, et chaque soir il faut manger.

Six des filles trouvèrent à se placer dans les fermes des environs. La septième, bien trop jeune, dut rester à la maison, jusqu'au jour où la reine fit attention à elle.

Elle s'appelait Espiguette, ce qui est un prénom beau et original. Elle était espiègle, vive, parfaite ménagère, sachant parfois inventer des plats délicieux.

Toutes ces qualités ne pouvaient qu'exciter les jalousies.

Les servantes du palais se rassemblèrent contre Espiguette. Elles allèrent dire à la reine que la fille du berger savait laver, repriser, repasser le linge en moins d'une heure.

— Mais non, dit la reine en riant, ce n'est pas possible !

— Mais si, mais si ! insistaient les servantes.

Un peu énervée, la reine fit venir Espiguette et la mit en demeure de réaliser cet exploit.

— Ce n'est pas vrai ! se plaignit Espiguette.

— Mais si, mais si !

La pauvre fille alla pleurer à chaudes larmes dans sa chambre. Un jeune garçon lui apparut et lui donna un petit bâton.

— Prends cette branche de micocoulier. Grâce à elle, tu feras des miracles dans le palais.

Espiguette n'en attendait pas tant. Elle se rendit dans les sous-sols du palais et donna l'ordre à la baguette de faire tout le travail. Elle fut aussitôt entourée par toute une troupe de lavandières, de couturières et de repasseuses qui s'occupèrent du linge en un clin d'œil.

Cet exploit aurait dû faire cesser toute méchanceté. Mais il en faut plus encore pour que désarment les méchants.

On savait que le fils de la reine avait été enlevé jadis par une fée. Il était maintenant enfermé dans un château inconnu.

On dit qu'Espiguette s'était vantée de pouvoir délivrer le prince. Du moins, c'est ce qu'on rapporta à la reine.

Celle-ci fit venir Espiguette.

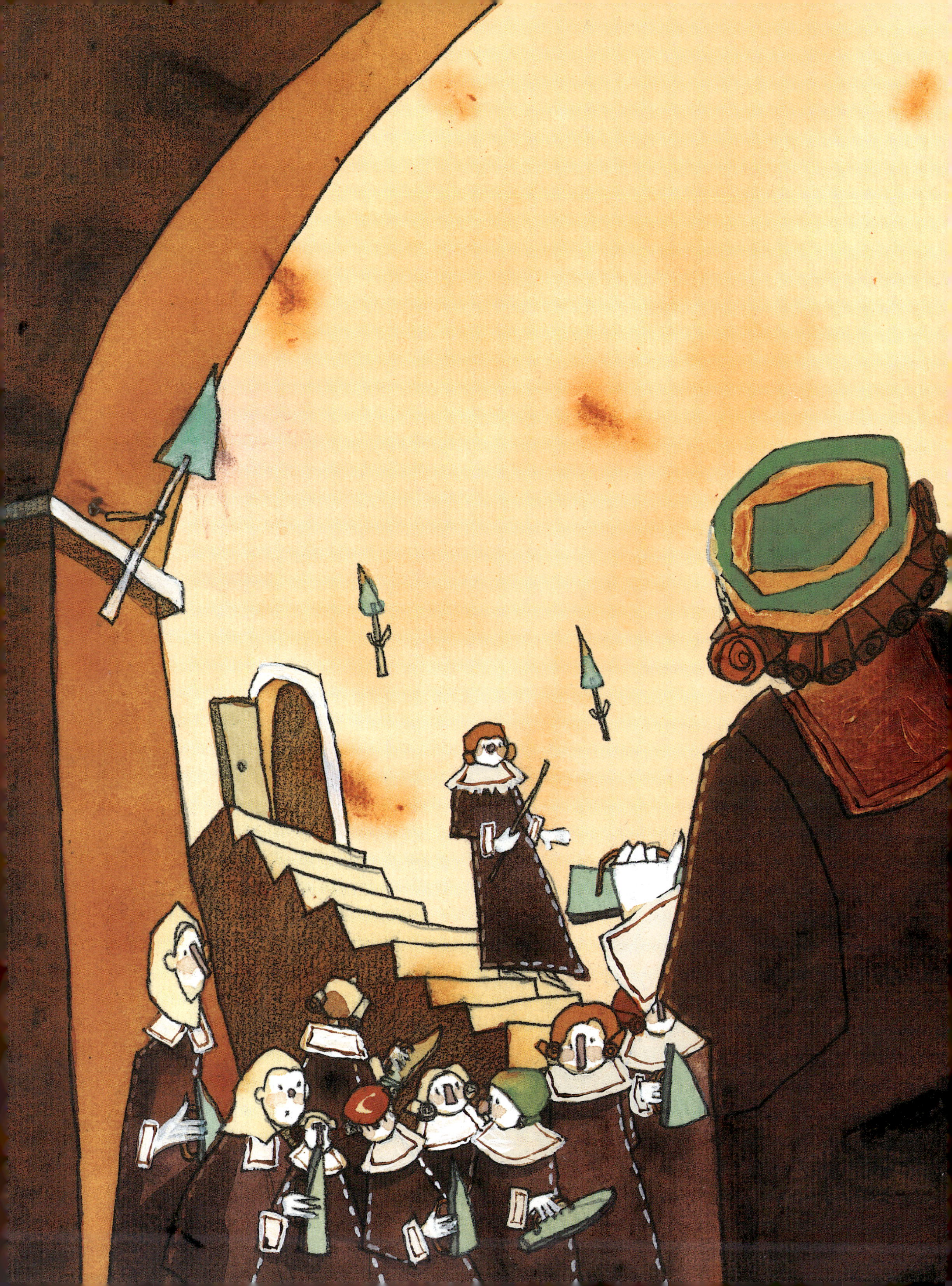

— Tu as dit que tu pouvais délivrer le prince !
— Non ! je n'ai jamais dit cela !
— Mais si, mais si !
La pauvre fille se plaignit. La reine demeura inflexible et obligea Espiguette à retrouver le prince.

Elle alla pleurer à chaudes larmes dans sa chambre. Le jeune garçon qui lui avait donné le bâton de micocoulier réapparut.
— Sèche tes larmes, Espiguette, et suis bien mes conseils. Tu demanderas tout d'abord à la reine un très beau carrosse. Dans ce carrosse, tu mettras un mouton blanc, une ruche, un balai neuf et un sac plein de laine. Si tu fais ce que je te dis, tu peux avoir confiance.

La reine offrit un carrosse à Espiguette qui partit au hasard des routes. La fille du berger fut très étonnée de découvrir toutes sortes de paysages. Soudain, elle eut très peur car elle vit au travers du chemin une bande de loups affamés. Elle leur jeta le mouton blanc et les loups laissèrent passer le carrosse.

Un peu plus loin, ce fut une nuée d'abeilles qui envahit le ciel. Espiguette déposa la ruche sur le bord du chemin et les insectes en furent très satisfaits.

À un carrefour, une sorcière arrêta l'attelage et demanda un balai neuf pour aller rendre visite à d'autres sorcières. Espiguette le lui donna et la vieille femme fut si heureuse qu'elle voulut se rendre utile à son tour.

– Je sais que tu cherches le fils de la reine. Je t'aiderai. Il est prisonnier dans ce château planté là-haut sur ce pic. Tu ne peux y entrer qu'avec une clé en or : la voici. Je te la donne et tu n'auras qu'à dire : « Petite clé en or, aide-moi donc à sauver le prince qui dort. » Et la porte s'ouvrira.

Grâce à la clé en or, Espiguette entra dans le domaine de la fée. Elle traversa un parc où volaient des oiseaux étranges. Elle se retrouva dans de grandes salles où brillaient des pierres magnifiques et des objets en or.

Personne ne l'empêcha d'avancer jusqu'à une chambre toute rose où se trouvait un lit de cristal. C'était là le terme du voyage. Sur le lit dormait le prince et près de lui reposait la fée. Tous deux souriaient.

Elle avança la main pour réveiller le prince, mais elle vit des clochettes qu'on avait mises là pour donner l'alarme. Voilà pourquoi il lui fallait un sac de laine ! Elle remplit les clochettes de laine, si bien qu'aucune ne put tinter pour avertir les gardes.
Alors elle prit le prince à bras-le-corps et le transporta dans le carrosse pour le rendre à sa mère.

Ainsi fut punie la malveillance des servantes. Nul ne sait si le prince épousa Espiguette, mais cela est bien probable.

# Le Chasseur et la Licorne

Il faisait froid et le soleil se levait à peine quand Éric, le fils du seigneur de Falconnet, traversa le vallon des Sept-Chemins.

Quelques jours plus tôt, il avait aperçu, par hasard, une licorne y galoper. Et aujourd'hui, Éric était bien décidé à la capturer.

Mais bien malin qui le pouvait, car la licorne était un animal rapide et intelligent. Nombre de chasseurs avaient déjà tenté de s'approprier sa corne magique aux pouvoirs bénéfiques, pour la vendre à prix d'or. Mais tous avaient échoué !

Éric, sûr de lui, se croyait bien meilleur qu'eux.

Ce matin-là, le jeune homme se cacha, avec sa monture, derrière le rocher aux Faucons. Il attendait, patiemment, que la licorne apparaisse. Le silence n'était troublé que par les cris des corbeaux sur la lande.

Soudain, le galop d'un cheval résonna dans le lointain. Éric se dressa sur ses étriers et scruta l'horizon.

— Enfin ! lâcha-t-il.

De la brume matinale, surgit alors la licorne. Elle était blanche et sa longue crinière dorée flottait au vent. Elle se rapprocha d'Éric et celui-ci put distinguer sa corne effilée et torsadée, au milieu de son front.

Brusquement, son cheval hennit. La licorne s'arrêta et huma l'air dans leur direction. Éric retint fermement son coursier par les rênes. La licorne, inquiète, reprit son galop en direction des bois.

— Ya ! lança Éric en éperonnant son cheval. Il ne faut pas qu'elle nous échappe !

Bien que rapide et endurant, le cheval d'Éric n'était pas aussi agile que la fière licorne, qui semblait littéralement voler au-dessus des souches et des taillis.

Après une course-poursuite effrénée, Éric perdit sa trace dans un bois épineux. Il calma son cheval couvert de sueur et maugréa :

– Par mon cap ! Cette licorne est plus rapide que le vent ! Mais, qu'est-ce... ?

Il aperçut une tache blanche entre deux gros chênes, à quelques mètres à peine de lui.

– Reste là, ma belle ! sourit-il. Ne bouge surtout pas !

Il saisit alors son arbalète, déjà armée d'un carreau, et visa la forme blanche. Il allait tirer quand celle-ci disparut brusquement.

– Dam ! jeta Éric, furieux.

Il regarda alentour et soupira.

C'est alors qu'une jeune femme, venue de nulle part, apparut soudainement, devant son cheval.

Éric en fut si surpris qu'il la menaça de son arbalète.

– Oseriez-vous tirer sur une femme ? demanda-t-elle.

– Dieu m'en préserve, répondit Éric, honteux.

Il raccrocha son arbalète à sa selle.

– Je ne vous ai point entendue venir ! Et où sont vos gens ?

– Je suis seule !

Éric, intrigué, la détailla.

Elle était vêtue d'une robe légère, couleur de pétale de rose. Ses pieds nus touchaient à peine le sol. Des fleurs grimpaient en guirlande le long de sa lourde chevelure blonde. Ses grands yeux verts le dévisageaient. Éric en resta muet d'admiration.

– Êtes-vous… ? commença-t-il à articuler.

– Je suis Iloha, reine des elfes des bois ! Et il me déplaît que tu chasses mes amies, les licornes ! Mais aujourd'hui est un jour de grâce pour toi ! Car tu me seras plus utile en messager qu'en statue de pierre ! Retourne chez toi et avertis les autres chasseurs de ton espèce que celui qui s'aventurera désormais dans le vallon des Sept-Chemins avec l'intention de capturer ou de tuer une licorne ne regagnera plus jamais son logis !

– C'est justement ce que je désire ! dit Éric en se laissant glisser de son cheval.

– Que dis-tu ?

– Je veux rester auprès de toi !

– C'est impossible, bel étranger ! Le monde dans lequel je vis ne t'est pas accessible. Tu es un humain !

– Alors, viens vivre avec moi ! Sois ma femme !

– Je ne le peux non plus !... Mais nous pouvons nous revoir, souffla-t-elle, troublée par le regard profond d'Éric. Reviens demain, quand la lune sortira. Je t'attendrai près du rocher aux Faucons.
– Je viendrai ! dit Éric.
La reine des elfes s'éloigna à reculons et disparut derrière les arbres.

Le lendemain soir, et les nuits suivantes, Éric rejoignit Iloha dans la forêt. Leur amour grandissait et, pourtant, il ne semblait y avoir aucune issue à leur histoire. Qu'importe ! Ils décidèrent de vivre ainsi : la nuit ensemble, et le jour séparés.
Et les saisons passèrent.
Une nuit, alors qu'ils discutaient, allongés sur un tapis de primevères et de stellaires blanches, la licorne qu'Éric avait autrefois chassée vint les rejoindre. Le jeune homme se redressa, surpris. L'elfe le retint par le bras.
– Ne bouge pas !
La licorne s'approcha d'eux, posa tendrement sa tête sur les genoux d'Iloha et s'endormit.
Éric, stupéfait, interrogea du regard sa compagne.

— C'est ainsi, dit-elle tout bas. Les licornes sont nos amies. Nous seuls pouvons les approcher car notre pureté les rassure. Voilà bien longtemps que tu étais partie, continua-t-elle en caressant le cou de la licorne. Avais-tu, toi aussi, trouvé un amoureux ? Tu vois, fit-elle en regardant Éric, vous les mortels, que vous soyez nobles guerriers ou vils chasseurs, jamais vous ne réussirez à posséder le pouvoir d'une simple licorne. Et pourtant, il est très facile de se procurer sa corne magique ! Il suffit d'attendre !

— Comment cela ? demanda Éric, subitement intéressé.

— Eh bien, à l'âge adulte, la licorne perd sa corne de naissance, pour une nouvelle corne !

— Ah !... Et celle-ci, l'a-t-elle déjà perdue ?

— Dans quelques jours, elle sera front nu pour un mois, confia Iloha en effleurant la crinière soyeuse de l'animal assoupi.

— Dans ce cas, fit Éric en brandissant son épée, il lui serait peut-être agréable que nous abrégions son attente !

Et sans la moindre hésitation, il trancha d'un coup d'épée la corne magique, qu'il brandit comme un trophée.

— Malheureux ! Qu'as-tu fait ? s'exclama Iloha en se redressant d'un bond en même temps que la licorne furieuse.

— Quoi ? demanda Éric en se levant à son tour. Elle n'est pas blessée !

— Tu as, par cet acte, brisé notre amour !

— C'est absurde ! Je n'ai fait que...

— Tu as trahi ma confiance ! Je te croyais différent des autres hommes ! Mais le mal et la convoitise seront toujours plus forts que l'amour, chez vous autres, humains !

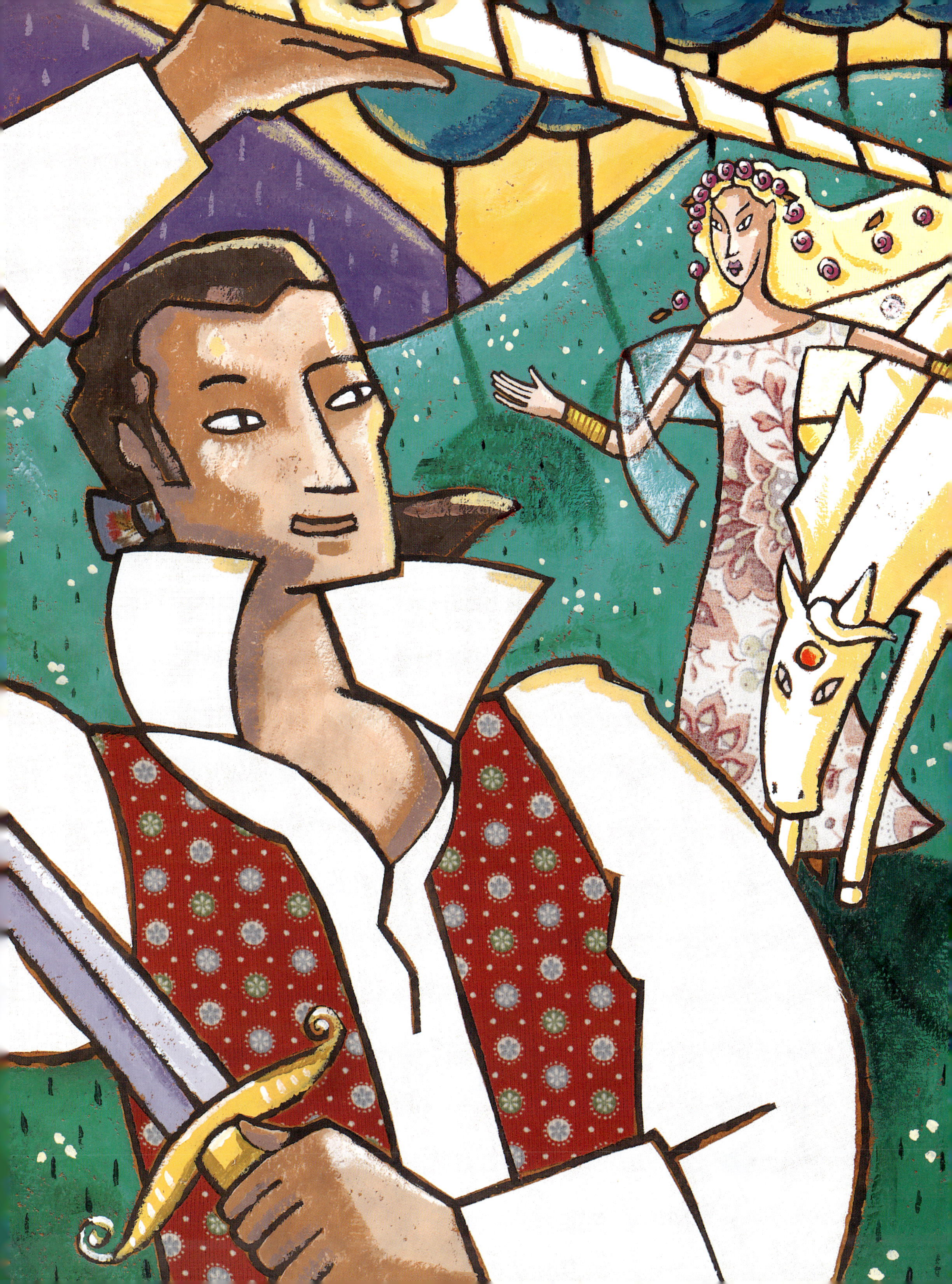

– C'est faux ! Ça n'a rien à voir ! dit Éric, hagard.
– Alors, c'est que tu n'as rien compris !
Elle grimpa sur la licorne.
– Iloha, attends !... Où vas-tu ?
– Adieu, Éric !
Et sur ce, elle partit au galop et disparut dans l'épaisseur des bois.
Éric resta un moment, immobile, le regard fixé sur les arbres sombres. Puis il ramassa son manteau et rentra au château de son père.
Le lendemain soir, le jeune homme retourna au vallon des Sept-Chemins et attendit toute la nuit, en vain, que la reine des elfes fasse son apparition.
Les nuits suivantes, il parcourut toute la lande et la forêt dans l'espoir de la retrouver.
Amaigri, épuisé, il comprit, un peu tard, que sa cupidité lui avait fait perdre un amour qu'aucune autre femme au monde ne pourrait jamais remplacer.
La nuit de la Saint-Jean, Éric déposa la corne magique sur le talus où ils s'étaient aimés pour la dernière fois, il y avait déjà sept mois.
– Pardonne-moi, mon amour, murmura-t-il, désespéré. Tu avais raison... Je n'avais rien compris.

Il se coucha sur l'herbe humide, décidé à se laisser mourir. Il y eut alors un bruissement anormal dans les arbres et des chuchotements. Mais Éric, déjà dans une sorte de torpeur, l'entendit à peine. Il entrevit, juste un instant, le bas de la robe rose d'une jeune femme et perdit connaissance.

On ne retrouva jamais le corps du fils du seigneur de Falconnet. On pensa qu'Éric, rendu fou d'amour et de désespoir pour une femme que personne n'avait vue, s'était fait dévorer par les loups, après qu'il se fut perdu en forêt. Son père le pleura beaucoup, jusqu'au jour où un paysan, venu au château pour payer son impôt, affirma l'avoir vu :
– Dans le vallon des Sept-Chemins, en compagnie d'une jeune femme et d'une licorne ! Je l'ai vu, comme je vous vois, Votre Seigneurie ! expliqua le paysan. Mais peut-être était-ce un fantôme ? Car ils étaient entourés d'une étrange lumière blanche. Ils étaient si beaux qu'on aurait cru des anges ! Pour sûr, j'en suis resté muet comme un francolin pris, jusqu'à la pique du jour !
Le seigneur de Falconnet remercia le paysan avec quelques deniers et se dirigea vers une fenêtre qu'il ouvrit.

Son regard atteignit la forêt dans laquelle il avait vu disparaître, si souvent, Éric, la nuit venue.

Aujourd'hui, il comprit et sourit. Il ne reverrait jamais son fils, mais le destin avait choisi pour lui.

Il faisait désormais partie des êtres magiques qui peuplaient les bois.

Sûrement même était-il marié à une elfe ou à une fée…

Le seigneur de Falconnet soupira :

– Sois heureux, mon fils !

Et il referma la fenêtre, le cœur enfin en paix.

# La Fée d'Enveitg

CE BERGER S'APPELAIT PASTOR.
Il était tout à fait insouciant. Jamais l'amour n'avait tourmenté son cœur.

Il remontait, ce matin-là, un sentier désert, portant sur son dos un sac de sel destiné à son troupeau, lorsque, s'étant arrêté pour reprendre haleine au milieu des bruyères, il aperçut trois jeunes filles d'une étonnante beauté qui fredonnaient des chansons catalanes.

Pastor ne les connaissait pas, mais elles le laissèrent approcher.
– Puis-je vous tenir compagnie ? demanda-t-il ingénument.
Les trois jeunes filles éclatèrent de rire.

L'une d'elles avait de longs cheveux blonds, presque dorés, qui tombaient sur ses épaules. Pastor la trouva très belle et il marcha un long moment à ses côtés sur le chemin.

Il portait toujours son sac de sel, et les deux jeunes filles, derrière eux, semblaient se désintéresser de la situation.

– Je suis riche, dit enfin Pastor, la gorge sèche. Je suis propriétaire d'un grand troupeau, j'ai une ferme et plusieurs granges et je suis très estimé dans le pays.

– Et alors ? demanda la jeune fille en riant.

– Je voudrais vous épouser.

Elle ne cessa pas de rire.

– J'admire ton audace, dit enfin la jeune inconnue, mais pour m'épouser il faudra te présenter devant moi ni à jeun, ni rassasié, ni nu, ni habillé, ni à pied, ni à cheval. Je te donne jusqu'à ce soir pour relever ce défi.

Le pauvre garçon fut très surpris. Il essaya de comprendre et de poser au moins une question. Mais ce n'était déjà plus la peine : les trois jeunes filles avaient disparu comme par enchantement derrière un buisson.

Pastor continua son chemin. La pente maintenant était rude. Il ne pouvait oublier le rire moqueur de la jeune fille et essayait de résoudre le problème bizarre qu'elle avait posé.

Il garda donc ses moutons dans la montagne et les fit redescendre plus tôt que d'habitude. Une fois les bêtes rentrées dans la bergerie, il courut chez une vieille femme que l'on disait un peu sorcière.

– Les trois jeunes filles que tu as rencontrées, dit la vieille, sont des fées. Elles se sont moquées de toi, c'est vrai, mais je vais te donner la solution de l'énigme. Si tu fais ce que je te dis, la belle blonde t'appartiendra.

– Oui, dit Pastor, je ferai ce que tu me diras.

– Eh bien, tu dois te présenter devant elle ni à jeun ni rassasié ? Mets simplement dans ta bouche trois grains de blé par exemple, mais ne les avale pas. Tu dois être ni habillé ni nu ? Trouve donc un filet de pêcheur, et tu seras tel qu'elle le veut. Enfin, ni à pied ni à cheval ? Rien n'est plus simple : monte sur une chèvre !

Il attendit l'heure du rendez-vous, simplement vêtu d'un filet de pêcheur, en ayant pris trois grains de blé dans sa bouche et en chevauchant une chèvre.

La fée poussa un cri de surprise. Jamais elle n'aurait cru Pastor capable de résoudre ce problème.

« Mais l'amour fait bien les choses », pensa-t-elle.

– Je suis prête à t'épouser, dit-elle, tu as ma parole. Mais avant, écoute bien mes recommandations et promets-moi d'en tenir compte.

— Je te le promets.
— Lorsque nous irons habiter dans ta maison d'Enveitg, tu entendras derrière toi un tapage infernal ; garde-toi bien de te retourner par curiosité, car la fortune qu'alors tu espérerais serait perdue.
— Je ne me retournerai pas.
— Ne dis jamais : « Tu n'es qu'une femme de fumée » ou « Tu n'es qu'une femme d'eau », même si tu es en colère contre moi. Les fées ne doivent jamais être appelées par leur nom.
— Je te le promets aussi.

Tout le village fêta dignement le mariage. Il y eut des danses, des farandoles et le carillon sonna à toute volée. Le soir, alors que les époux se dirigeaient vers leur maison, un grand silence se fit. Pastor et la fée entrèrent dans la cour. Ils allaient franchir le seuil de la maison lorsqu'il y eut un tapage infernal : tintements de clochettes, hennissements de chevaux, meuglements de vaches, bêlements de moutons, comme si brusquement tout le bétail de la vallée s'était donné rendez-vous à Enveitg.

Malgré sa promesse, Pastor se retourna. Il entrevit à peine la cour s'emplissant de chevaux, de vaches et de moutons, poussés par de jeunes bergers qu'il ne connaissait pas. En un seul instant, tout cela disparut, et la cour devint déserte et silencieuse.

Les deux époux, malgré cette richesse aussitôt perdue, vécurent heureux. Ils eurent deux charmantes fillettes. Jamais la moindre discorde ne les éloigna l'un de l'autre. Ce bonheur semblait ne devoir jamais finir.

Un certain mois de mai, Pastor partit en Espagne retrouver ses troupeaux qui vivaient là-bas depuis l'hiver et il les ramena.

Pendant son absence, sa femme, craignant un très violent orage de grêle, décida de faucher les blés et de les rentrer dans la grange. Les voisins se moquèrent d'une fauche si hâtive, si précoce, mais elle ne dit rien.

Lorsque Pastor rentra et qu'il vit tous ses blés fauchés, il entra dans une violente colère. Il pénétra dans la maison et, sans laisser parler sa femme, il s'écria :

— Tu n'es qu'une femme de fumée ! Tu n'es qu'une femme d'eau !

La fée disparut aussitôt.

Le lendemain, il y eut un violent orage de grêle et toutes les récoltes furent détruites. Seule, celle de Pastor avait été rentrée. Pastor se rendit amèrement compte que sa femme avait eu raison.

Pourquoi avait-il prononcé d'aussi cruelles paroles ?

La fée n'oublia pas ses filles. Plusieurs fois par semaine, elle venait dans leur chambre et s'occupait d'elles. Mais dès que Pastor arrivait, elle disparaissait.

Pastor devina la situation. Les fillettes, qui ne pouvaient pas garder un secret aussi lourd, lui dirent que leur mère leur rendait visite. Alors il essaya de la revoir, de lui parler, de se faire pardonner.

Cela ne fut pas possible. Dès que la fée se rendit compte que Pastor risquait de la surprendre, elle disparut pour toujours.

# Le Métal de lune

Là vie s'écoulait paisiblement au cœur de la forêt de Brocéliande quand un groupe d'elfes affolés traversa le bois à toute allure, volant au-dessus des talus en direction du chêne creux.

Au pied de celui-ci dormait un sanglier qui en cachait l'entrée.

– Ryl ! Réveille-toi ! fit l'un des elfes.

– Laisse-nous passer !

Le sanglier sursauta, répandit une fumée verdâtre et reprit la forme de l'elfe gardien qu'il était.

– Que se passe-t-il ? demanda Ryl en secouant ses ailes de libellule.

— Les trolls sont de retour !

Ryl fit un tel bond de stupeur qu'il se cogna à une branche et tomba sur son derrière.

Une agitation peu commune régnait dans le grand chêne. Les elfes, inquiets, parlaient tous en même temps.

— Pourquoi ont-ils quitté la montagne Noire ?

— Que veulent-ils ?

— Silence ! Calmez-vous ! ordonna le roi, assis sur un champignon près de la reine.

Ils étaient beaux malgré leurs oreilles et leur nez pointus. Ils étaient vêtus d'un fin tissu de lin, aux couleurs de la forêt. Des clochettes blanches se balançaient dans leurs cheveux roux.

— Tu dis que tu as vu des trolls. En es-tu sûr, elfe bûcheron ? demanda le roi.

— Oui, Sire ! Je soignais un petit hêtre fendu par la foudre lorsque je les ai vus passer. Ils étaient au moins cinq. Il faisait déjà nuit, mais je les ai reconnus avec leur rire affreux qui fait tourner le lait des vaches !
— Elfe bûcheron, demanda à son tour la reine, ces trolls avaient-ils des armes ?
L'assemblée tressaillit. Chacun savait que les trolls étaient les meilleurs forgerons qui soient. Ils avaient inventé marteaux, haches, épées, pioches et tenailles, qu'ils perfectionnaient tous les jours, au fond de leurs cavernes.
— Je ne sais, Majesté, répondit l'elfe bûcheron. Il faisait noir, mais il me semble qu'un cliquetis régulier accompagnait leurs rires.
— Crois-tu qu'ils soient encore venus pour le métal de lune ? s'inquiéta la reine.

– C'est possible, dit le roi, nous allons le mettre en lieu sûr !
– Et si nous demandions l'aide des gnomes ?
– Nous verrons plus tard, si besoin est.

La journée suivante, la forêt resta silencieuse. Les elfes avaient abandonné les bois. Que faisaient-ils ? Où étaient-ils ? Pour le savoir, il fallait se rendre à la colline herbue sous laquelle se trouvait la mine de métaux.

À son entrée, se tenait l'elfe gardien. Derrière lui, résonnaient le bruit des pioches et le grincement des chariots sur les rails.

L'elfe mineur et quelques autres creusaient plus profondément la galerie pour y cacher le précieux métal de lune. Celui-ci avait le pouvoir de donner force et vaillance à quiconque le portait sur lui : soit sous forme de bracelets, comme pour les elfes, soit sous forme d'épées, comme l'espéraient les trolls.

Mais les elfes étaient rusés et prévoyants : même si les trolls parvenaient jusqu'à l'entrée de la mine, jamais leur taille de géant ne leur permettrait de s'y aventurer.

Au bout de trois jours, leur travail terminé, les elfes, satisfaits, retournèrent au chêne creux.

Dans la grotte aux Ours, les trolls tenaient une réunion.

— Il faut capturer les elfes, dit un troll aussi laid que poilu. Une barbe noire cachait une partie de ses vêtements faits de peaux de bêtes. Sa taille d'homme en faisait un géant par rapport aux elfes, pas plus grands que des libellules.
— Pourquoi ne pas les réduire en miettes ? Nous sommes beaucoup plus forts qu'eux ! lança un autre géant au visage ridé comme une vieille pomme.
— Parce que nous ne saurons pas où ils ont caché leur métal de lune, triple idiot ! s'énerva celui qui semblait être le chef de cette troupe effrayante. Videz les sacs à provisions, on va s'en servir pour les capturer !
Les trolls approuvèrent, et leurs rires affreux firent trembler la forêt entière.
La nuit venue, cinq trolls se dirigèrent, sans bruit, vers la clairière des elfes.
Ceux-ci, comme à leur habitude, dansaient sous la lune, au son des clochettes et des harpes.
— Regardez ces petites lumières bleues et jaunes qui scintillent ! chuchota le chef des trolls, caché derrière un gros chêne. Ça va être encore plus facile que je ne le pensais ! Préparez vos sacs ! EN AVANT ! cria-t-il. Attrapez-moi toutes ces lucioles !

Les trolls bondirent hors de leur cachette en poussant d'horribles cris. Les elfes, saisis d'effroi, n'eurent pas le temps de réagir. Ils virevoltaient de tous côtés, incapables de coordonner leurs mouvements.

Les géants en capturèrent facilement sept qu'ils jetèrent dans un sac puant et sombre.

– Tous au tronc creux ! Vite ! ordonna le roi en cherchant la reine.

Un hurlement le fit se retourner.

– Lâchez-moi, espèce de monstre ! criait la reine en se débattant entre les gros doigts poilus d'un troll.

Le roi n'hésita pas. Il vola droit sur le troll aussitôt poursuivi par trois autres elfes qui avaient vu la scène.

Chacun s'attaqua à une partie du corps du troll, espérant lui faire lâcher sa prisonnière !

L'un lui tira sa grande oreille pointue. L'autre s'agrippa à ses longs cheveux noirs et tressés.

– Lâche notre reine ! fit le troisième en attrapant les bras de la jeune elfe pour la dégager de la poigne vigoureuse qui restait fermée.

Le roi tenta une ultime attaque. Il saisit l'épine d'ajonc qu'il avait à la ceinture et qui lui servait d'arme. Il se dirigea vers la tête du troll. Occupé à chasser les elfes en courroux, le géant ne vit pas le roi venir. Celui-ci, d'un geste rapide et puissant, lui enfonça l'épine dans l'œil gauche. Le troll poussa un hurlement de douleur. Il porta la main à son œil qui saignait, laissant tomber la reine au sol.

Les trois elfes la soulevèrent aussitôt et s'enfuirent avec elle, vers le tronc creux.

– Où est le roi ? demanda la reine, en se retournant.
– Il nous suit ! dit un des elfes.
– Je ne le vois pas ! s'inquiéta la reine.
Les cris terrifiés de leurs amis les firent frissonner.
– Il faut se sauver, Majesté ! lança un des elfes. Le roi nous rejoindra !
La reine hésita, puis finit par suivre ses compagnons jusqu'au tronc creux.
Dans la clairière, la lutte prenait fin.
– Encore un ! s'exclama un troll en jetant un elfe dans son sac. Va-t'en rejoindre ton roi et tes amis ! Ha, ha ! La chasse a été bonne !
– Dépêchez-vous ! lança le chef des trolls. L'aube va arriver ! Il faut rentrer !

– Du diable, si je reste ! rétorqua l'un des géants en refermant un bocal dans lequel se débattait un petit être bleu. Je ne veux pas être changé en pierre par la lumière du jour !
Les trolls disparurent à grandes enjambées, emportant leur précieux butin, et le silence retomba sur la forêt terrifiée.

Silphus, un des elfes, avait réussi à se cacher dans un talus envahi par les ronces. Quant à Ryl, il s'était changé en écureuil et avait grimpé jusqu'à la cime d'un sapin, car lui seul avait le pouvoir de se changer en animal.
Tous deux se rejoignirent au bout d'une branche :
– Tu as entendu ça ? fit Silphus. La lumière du jour les change en pierre !
– En pierre ? répéta l'elfe gardien en quittant sa forme d'écureuil.
– Oui ! Il faut le dire à la reine !
Les deux amis s'envolèrent vers ce qu'il restait de leurs compagnons.
La reine les avait réunis au tronc creux. Silphus lui rapporta la conversation des trolls.
– Nous avons peut-être une chance de sauver le roi et nos compagnons si nous trouvons le moyen de retenir les trolls au-dehors, jusqu'au lever du jour ! dit la reine.
– Mais comment ? demanda l'un des elfes.
– Je vais y réfléchir sans tarder, répondit la reine, reprenant courage.

Le lendemain, la reine des elfes se rendit à la grotte aux Ours et demanda à voir le chef des trolls.
– Que veux-tu ? demanda celui-ci sans sortir de l'ombre.
– Je te propose un marché ! dit la reine, en prenant garde de bien rester dans la lumière du jour. Je te conduis là où se trouve le métal de lune et, en échange, tu libères mes compagnons !
– Je n'en attendais pas moins de toi ! répondit le troll avec un sourire vainqueur, qui découvrit une rangée d'affreuses dents jaunes.

À la nuit tombée, les trolls rejoignirent la reine et, escortés de quelques elfes, ils prirent le chemin du bois de Brandivy. Après une courte marche, la reine se retourna vers le chef des trolls.
– Nous allons traverser la lande, proposa-t-elle. Ainsi, nous arriverons plus vite à notre mine.
Le troll acquiesça. Les elfes échangèrent un regard complice. Sur la lande poussait une herbe que l'on nommait « l'herbe d'égarement ». Celui qui marchait par malchance sur cette herbe tournait en rond pendant des heures jusqu'aux premiers rayons du soleil.

Et il en fut ainsi pour les trolls. Lorsqu'ils piétinèrent « l'herbe d'égarement », ils se mirent à tourner en rond, les uns derrière les autres, sans pouvoir s'arrêter.

Les elfes, triomphants, regardèrent l'aube poindre et, sous leurs yeux ébahis, ils virent la lumière du jour changer les trolls en pierre !

On entendit un gros craquement et la ronde des géants se figea pour l'éternité.

– Vite, à la grotte ! lança la reine. Allons délivrer nos compagnons !

Il y eut ce jour-là une grande fête dans la forêt de Brocéliande. Les elfes chantaient et riaient, sautant de fleur en fleur, sous le regard amusé de tous les animaux des bois.

Le roi regarda la reine :

– Grâce à toi, nous sommes tous saufs ! dit-il, ému.

– Et le métal de lune aussi ! ajouta-t-elle en agitant les bracelets d'argent qui encerclaient ses fins poignets bleus.

# Alodie, fée de la montagne

Quelque part, sur les immenses montagnes des Alpes, existait jadis un glacier mystérieux, que personne n'a jamais pu situer avec précision. Il appartenait aux fées de la montagne qui s'y réunissaient une fois par an dans le plus grand secret.

À cette occasion, la reine des fées convoquait toutes ses sujettes. Comme elles ne pouvaient s'y soustraire sous peine de sanction, elles s'y rendaient et faisaient de leur mieux pour être ponctuelles. En effet, la reine, qui était très sévère, n'appréciait guère les retardataires et toutes redoutaient ses colères.

Un jour, une des fées, dont la beauté et la générosité surpassaient celles des autres, monta de bonne heure sur son nuage pour aller au rendez-vous annuel. Elle s'appelait Alodie. En chemin, elle aperçut sur un rocher une femelle chamois venant de mettre bas. La mère tentait de donner à téter à son petit qui flageolait sur ses pattes. Le tableau était si touchant que la fée s'arrêta pour les observer.

Elle s'apprêtait à repartir quand elle remarqua en contrebas plusieurs chasseurs qui se dirigeaient vers les deux chamois. La mère les avait vus. Elle était consciente du danger qu'ils représentaient. Aussi poussait-elle son petit du museau pour l'encourager à la suivre. Mais le malheureux en était encore incapable. Ses paupières collées le rendaient provisoirement aveugle, et il trébuchait dès qu'il entreprenait de faire un pas.

Durant ce temps, les chasseurs approchaient. Ils avaient accéléré leur escalade et les chamois seraient bientôt à leur portée. Alors Alodie, saisie de compassion, atterrit avec son nuage sur le rocher où se trouvaient les deux chamois. Elle effleura les paupières du petit avec sa baguette magique et lui dessilla les yeux. Elle toucha ensuite ses quatre pattes et leur donna force et souplesse. Le petit se mit aussitôt à gambader d'un air joyeux. Alors la mère chamois présenta à la fée chacune de ses pattes. La fée les toucha, et l'animal sentit ses forces décupler.

Le nuage de la fée avait noyé le rocher et ses alentours dans une épaisse brume, dissimulant leurs proies aux chasseurs et les contraignant à faire halte. Les deux chamois en profitèrent pour s'éloigner, échappant ainsi à un triste sort. Alodie remonta sur son nuage et repartit. Elle avait perdu beaucoup de temps. Elle eut beau se presser, elle arriva en retard à la réunion des fées de la montagne. La reine se mit en colère lorsqu'elle l'aperçut. Et elle refusa d'écouter le motif invoqué par Alodie pour expliquer son retard. Très jalouse de sa beauté, elle profita de l'occasion pour satisfaire sa rancune. Aussi condamna-t-elle la retardataire à une peine que toutes les fées trouvèrent injuste.

– Désormais, lui dit-elle, tu erreras au sommet de notre glacier sous les traits d'une vieille mendiante en haillons. Tu conserveras cette apparence tant qu'un être vivant n'aura pas eu pitié de toi. Sache que les fées ne peuvent rien pour toi et qu'il est inutile de compter sur ta baguette magique, car je vais la transformer en vulgaire bâton sans pouvoir.

La reine des fées était persuadée que personne ne s'aventurerait jamais sur un aussi haut glacier. Elle se trompait, car Alodie avait doté les deux chamois d'une telle énergie qu'ils étaient devenus infatigables.

Ils bondirent de rocher en rocher, coururent de montagne en montagne et gravirent les mille escarpements du glacier avant d'atteindre son immense dôme immaculé.

Soudain, la mère chamois aperçut une masse sombre sur la glace scintillante. C'était le corps d'une vieille mendiante à bout de forces qui dormait dans le froid. Elle s'approcha et la flaira. Elle eut immédiatement la certitude que cette femme était sa bienfaitrice, la fée qui les avait sauvés, elle et son petit, de la cruauté des chasseurs. Alors elle lui lécha lentement le front, les yeux et les joues. Les fins cheveux blancs de la vieille femme se métamorphosèrent aussitôt en une épaisse chevelure brune. Sa peau ridée redevint lisse. Ses paupières se soulevèrent, découvrant un regard limpide. Les haillons dont elle était affublée se transformèrent en vêtements de soie brodés d'or. Son bâton redevint baguette magique. Ses lèvres retrouvèrent leur couleur vermeille. Et un sourire illumina son visage.

– Merci ! s'exclama-t-elle.

La fée Alodie venait de renaître, plus belle que jamais, grâce à la mère chamois qui avait eu pitié d'elle.

– Sans toi, ajouta-t-elle, j'aurais éternellement erré sur le glacier désert. Pour te remercier, je t'accorde, ainsi qu'aux chamois de ces montagnes, un privilège que vous apprécierez tous. Dès la venue au monde d'un petit, il vous suffira de lui lécher les yeux pour qu'il ait le regard perçant et la force de suivre les adultes de rocher en rocher. Tous les petits chamois pourront ainsi échapper plus facilement aux chasseurs.

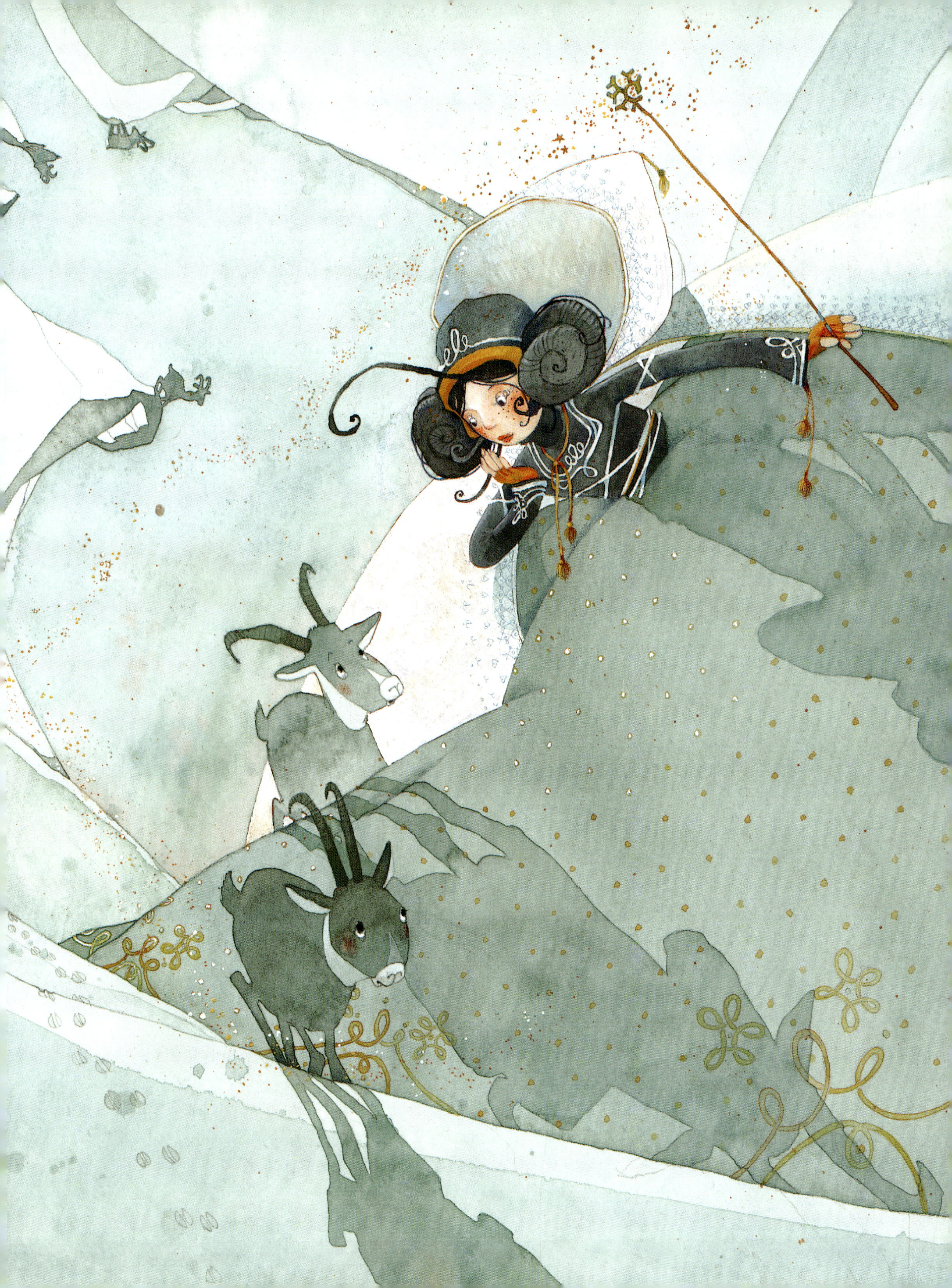

Heureuse, la mère chamois prit congé et quitta le glacier avec son petit. Comme chaque année, la réunion des fées de la montagne devait durer toute la journée. Elle fut interrompue par le retour d'Alodie.

– Par quel miracle as-tu retrouvé ton apparence ? interrogea une fée en l'apercevant.

– Tu es encore plus belle que ce matin, constata une autre.

Et toutes s'approchèrent pour la féliciter ou l'embrasser. Sauf la reine, car le retour inopiné d'Alodie lui faisait perdre la face. Elle voulut la condamner à nouveau. Mais les fées s'y opposèrent. Comme la reine s'obstinait, il y eut un mouvement de révolte et elle fut déposée.

On offrit le trône à Alodie qui l'accepta. Durant tout son règne, elle fit preuve d'équité et de générosité. Et elle entretint toujours d'excellents rapports avec le peuple des chamois.